シャツ越しにリュシュアンのゴツゴツとした胸板を感じて、
ジゼルの鼓動が一段と速くなった。
「大丈夫だ。無垢な女性にひどいことなどしないから」
するりと脇から手が滑り込み、
下から掬い上げるように柔らかな乳房が男の手に包まれる。

陛下は身代わり花嫁を逃がさない

～初恋相手は絶倫王!?～

水城のあ

Vanilla文庫

陛下は身代わり花嫁を逃がさない
初恋相手は絶倫王!?

Contents

イラスト／白崎小夜

1　プロローグ

この日、花嫁であるジゼルは、父ブーシェ伯爵のエスコートで神聖なるバージンロードを一歩ずつ踏みしめながら、幼い憧れに決別するための覚悟を決めていた。

これから自分は口をきいたことも、ましてや顔を見たこともない男の妻となる。こんな馬鹿げたことが許されるはずがないのに、自分には秘密を抱えてこの道を歩く以外の選択肢はない。

この日のために一年も前から準備されていたウエディングドレスは、姉フランソワーズのものだ。

胸元がV字に開いていて、肩から首筋、華奢《きゃしゃ》な手首までは肌の色が透けて見えるほど薄く精巧な作りのレースに覆われている。裾は後ろが長いロングトレーンで、ジゼルが歩を刻むたびにロイヤルブルーのバージンロードの上に白い扇のように広がっていく。

頭のてっぺんから背中を覆うベールには小粒の真珠が数え切れないほど縫い付けられてお

り、身動《みじろ》ぎすると虹色に輝いていてみえた。

姉のために作られたウエディングドレスは小柄なジゼルには少し大きく、着丈を誤魔化《ごまか》すために履かされた踵《かかと》の高い靴がぐらぐらと揺れて、心許《こころもと》なさに拍車をかける。

本当は結婚などしたくない。永遠にバージンロードが続けばいいのにというジゼルの願いは叶《かな》うことなく、伯爵の足が止まってしまった。

「娘をよろしくお願いいたします」

伯爵の挨拶とともに、俯《うつむ》いたジゼルの視界に白い袖と手袋をした大きな手が差しだされる。

一瞬その手を取ることに躊躇《ちゅうちょ》していると、伯爵が前に押し出すようにジゼルの肘を押した。

「早くしなさい」

それはジゼルにだけ聞こえる小さな声だったが、苛立《いらだ》ちが滲《にじ》んでいるのを感じる。ジゼルが諦めて伯爵の腕から手を外し、差しだされた手を摑《つか》もうとわずかに身体の向きを変えたときだった。

慣れない靴と緊張で足が縺《もつ》れ、ドレスの裾を踏んでしまう。バランスを崩しその場に無様に倒れすべてを台なしにしてしまう恐怖で、ジゼルの頭の中は真っ白になった。

これまでもできのよい姉と比べられ、ただでさえ父に疎まれているのに、このような場で失態をしたとなればどれだけ叱責されるか、想像するだけで恐ろしい。

「……っ」

なんとか踏みとどまろうと小さくたたらを踏んだが、やはり身体が傾《かし》いでいく感覚に、覚悟を決めてギュッと目を瞑《つぶ》る。すると転倒するよりも早く、ジゼルの華奢な身体を力強い腕がさらった。

「ぁ……」

男はまるでダンスでも踊るかのようにジゼルを腕の中に抱き取ると、そのまま祭壇の前へと促した。まるで最初からそういう手順であったかのようだ。

大司教の祝福から誓いの儀式が始まり、ジゼルはしばらくの間祝詞に耳を傾けた。そして大司教が口にした名前に一瞬ドキリとする。

「汝《なんじ》、フランソワーズ・ブーシェ」

そう呼びかけられたからだ。

フランソワーズは二歳年上の姉の名前で、本来なら今日ここに立っているのはフランソワーズでなければならなかった。しかし彼女はここにいない。

ジゼルは気持ちを落ち着けようと、ブーケをギュッと握りしめた。

ブーケは白い花弁が中心に向かってピンク色に変わっていく珍しい品種の薔薇で、美しいグラデーションの花弁を囲むようにグリーンをあしらった上品なものだ。これが自分の結婚式であったのなら、その美しさに胸がいっぱいになっただろう。

フランソワーズはブーシェ伯爵の長女で、妹のジゼルから見てもとても美しい女性だ。太陽の光りを一身に集めたように輝く栗《くり》色の巻き毛にガラス玉のように透き通った水色の瞳、小さく赤い唇はつるりとして熟した果実のように光っている。

ジゼルは色こそ同じだが癖のない真《ま》っ直《す》ぐに伸びた髪と、深い海のような、濃い瑠璃色の瞳をしていた。使用人たちに顔形が似ているとよく言われるが、自分など姉の美しさには到底敵《かな》わないとよく知っている。

フランソワーズはほっそりとした腰にしなやかな肢体をしていて、どんなデザインのドレスでも着こなすことができ、この結婚の準備で王家から差し向けられた仕立屋やお針子たちはこぞってその姿を褒めそやした。

しかし姉がその美貌を鼻にかけるようなことは、ジゼルが知る限り一度たりともない。信心深く、熱心に教会に通ってはボランティア活動に精を出すような見た目だけでなく心まで美しい女性で、腹違いの妹であるジゼルにも殊の外愛情を注いでくれた。自分はフランソワーズがいなければ、すぐにでもブーシェ家から逃げ出していたと今でも思う。

とにかくジゼルにとって姉は尊敬できる憧れの人で、自分がその人の代わりが務まるなど到底考えられなかった。

一目で当時の王太子に見初められ、結婚を申し込まれるような美貌の姉の身代わりなど、すぐにばれてしまう。たとえそれがわかっていても、自分は愛する姉のためにフランソワーズになりきらなくてはいけないのだ。

誓いの言葉になんと答えたのかも覚えていないが、気づくとジゼルは祭壇の前で夫となるヴェルネ王リュシュアンと向かい合っていた。手順ではこのあといよいよベールを捲《まく》り上《あ》げられ、王と顔を合わせることになる。

なるべく姉に似せるよう化粧を施されたが、瞳の色が違うし、なにより姉のように美しくない。きっとすぐにこの茶番は明るみに出てしまうだろう。刻一刻とその瞬間が迫ることに焦燥感が増し、指先が小刻みに震えてしまい、ジゼルは手の中のブーケをより一層強く握りしめた。

男の腕が大きく動き、ジゼルは顔を正面に向けたまま目を伏せる。少しでも違和感に気づかれたくなかったからだ。

ふわり。顔を覆っていたベールが取り払われ、少ない参列者が微《かす》かにざわめいた気がした。まさかもうばれてしまったのかと不安になったが、幸い異を唱える声は聞こえない。

ジゼルは安堵《あんど》しながらキスを受けるために男の顔を見上げた。

「……っ」

そして男の顔を見て、ジゼルは一瞬息ができなくなる。ギュッと心臓が摑みあげられたように胸が苦しい。

純白のタキシードを身に着けた背の高い男の姿をまじまじと見つめてしまう。

極上の蜂蜜のように輝く金の髪に、艶のある緑の瞳。太いキリリとした眉と切れ長の目は意志が強そうに見える。高い鼻梁《びりょう》にすっきりとした顎が男の顔をより精悍《せいかん》にも、高貴にも見せていた。

そしてジゼルの目が男らしく厚みのある唇に留まる。自分はあの唇を知っていると感じ、より一層息が苦しくなった。

こんなことがあってもいいのだろうか。目の前にいる人は、歳を重ねてより精悍により男らしくなっているけれど、間違いなくジゼルが少女の頃一度だけまみえた初恋の人だった。

2　運命の出会い

ヴェルネ王国は大国アマーティと海に挟まれた狭隘《きょうあい》な国だが、貿易の経由地となる大きな港を有するおかげで、経済的には大変豊かな国だ。

隣国アマーティの広大な領土は希少鉱石を産出することで知られており、たくさんの原鉱や加工された宝石類がヴェルネから海の向こうへと旅立っていく。反対に海の向こうから美しいレースや絹織物、珍しい果物、貴重な美術品、異国の言葉を話す人々とヴェルネやアマーティにないものがたくさん運ばれてくる。

ヴェルネによる独自の税関システムでそのすべてが管理され、取引のために各国の貿易会社が港に集っており、アマーティは少なからずヴェルネにその管理の対価を払っていた。

この国の歴史を知らない人は、そんな無駄なシステムがあるのなら狭隘な国など属国としてしまえばいいと考えるだろう。しかし実際は数代前のヴェルネ王がアマーティからきた王子であったことから、今も友好関係は続いており、両国の王族は頻繁に行き来をしていた。

ヴェルネ王リュシュアンとブーシェ伯爵令嬢の結婚式はその港の高台にある教会で執り行われた。

海に面した壁は一面ガラス張りで、結婚という新たな航海に旅立つという意味から遠く碧《あお》い海をどこまでも見渡すことができる。

天井が高く水晶の装飾がそこかしこに使われていることに因《ちな》みクリスタルチャペルと呼ばれており、ヴェルネに住むものなら誰もが知る場所だ。

ロイヤルブルーのバージンロードには真っ白な小花が散らされ、参列席は王家や伯爵家に関係するごくわずかなものだけという、ごくごく内輪の式だった。

一国の王の結婚式にしては簡素だが、それには理由があった。

一ヶ月後にはリュシュアンの戴冠式が控えており、花嫁の正式なお披露目《ひろめ》はその場でされることになっていたからだ。

ジゼルの母は貴族ではない。ブーシェ伯爵領で比較的大きな自作農場を営む農場主の娘で、平民ながらも裕福な家に育ったという。伯爵が子ども時代を領地で過ごしていたことから、近所に住むふたりは幼なじみとして自然と仲良くなった。

しかし父の急逝により若くして爵位を継ぐことになった伯爵は生活を王都に移し、ジゼルの母とは疎遠となってしまった。数年後すでに貴族の娘を妻に迎えた伯爵と母が再会し、ふたりは恋に落ちた。そして生まれたのがジゼルだった。

ジゼルを身籠もった際、母は家族に迷惑をかけないよう頑《かたく》なに父親の名前を口にしなかったことから勘当されてしまう。伯爵の計らいで領地の片隅に使用人を付けた慎《つつ》ましやかな家を与えられたが、すでに王都に妻と娘を持つ伯爵とは、その後あまり良好な関係ではなかったらしい。

結局母は伯爵を待つ生活の間に身体を壊し、ジゼルが五歳になってすぐにこの世を去ってしまった。

幸い伯爵がジゼルを王都の屋敷に引き取ってくれたが、本妻の手前かそれとも元々ジゼルになど興味がないのか、伯爵はジゼルには無関心の態度を貫いた。

物心ついてから父親の顔をほとんど見たことがなかったジゼルは、母を亡くした悲しみの中で見いだしたばかりの、父親と暮らすという希望を無残にも打ち砕かれてしまった。

初めて屋敷の敷居を跨《また》いだジゼルは、玄関ホールの高い天井に描かれたフレスコ画と装飾の豪華さに圧倒され、きょろきょろと落ち着きなく辺りを見回していた。

ジゼルをここまで連れてきてくれた領地の管理人には、これからは顔も覚えていない伯爵をお父様、その妻をお義母様と呼ぶようあらかじめ言い含められていたが不安でたまらなかった。

母とふたりの寂しい暮らしだったからか年の割に聞き分けのいい娘だと言われていたが、所詮まだ五歳の幼子だ。誰ひとり知っている人がいない場所に放り込まれて、不安にならないはずがない。

さながら小動物のように小さく震えるジゼルの前に、豪奢《ごうしゃ》なドレスにたくさんの宝石を身に着けた女性が姿を見せた。

するとジゼルをここまで連れてきた領地の管理人が小さな声で囁《ささや》いた。

「あの方が伯爵夫人だ」

正面階段から降りてくる夫人の姿に、この人が新しいお義母様になるのだと思わず見入ってしまう。夫人は残りの数段を残したところでピタリと歩を止め、ぽかんと口を開けて見上げるジゼルを冷ややかな視線で見下ろした。

「……この娘がそうなの？　なんてみすぼらしい娘かしら」

美しい伯爵夫人に優しい言葉をかけてもらえるのだと思っていた幼いジゼルは、いきなり頰を叩《たた》かれたような衝撃を覚えた。

「おまえの母は農場の娘だというじゃないの。挨拶ひとつ教えてもらっていないようね。主をそんな不躾《ぶしつけ》な間抜け面で見るんじゃありません」

夫人の言葉のすべてを理解していたわけではないが、言葉の矢がジゼルに降り注ぐ。

「まったく。旦那様も労働階級の娘にこの家の敷居を跨がせるなんて、なにを考えているのかしら。そんな野暮《やぼ》ったい服を着てみすぼらしいこと。そんな姿で我が家の美しいホールに立つなんて汚らわしい」

忌々しげにジゼルを睨《にら》みつけながら、夫人は残りの数段を降りジゼルの前に立つ。手にしていた扇の先をジゼルの顎に当て、その顔をよく見ようと上向かせた。

「……瞳はあの女の色なのね。ああ、あの女と同じでずる賢そうな顔‼」

夫人が忌々しそうに扇を振ると、ピシリ！　と鋭い音がして扇の房飾りがジゼルの頬を打った。

「……っ」

「まあ、泣きもしないのね。可愛《かわい》げのない」

夫人は突然のことに声も出ないジゼルを冷ややかに見下ろした。

実際にはただただ困惑して声も出ないのが真実だったが、ジゼルが泣きもせず黙っていることがさらに夫人の癇《かん》に障ったらしく、さらに言葉の切っ先が鋭くなる。

「旦那様はおまえのことは私の采配に任せると言っていたわ。つまりおまえをどう扱おうと私の自由だということよ。そうねぇ、農場の娘なのだから馬屋の二階で寝起きするのはどう？　ああ、家政婦が階下《した》で下働きの娘が欲しいと言っていたから、そちらでもいいわね」

夫人がいたぶるようにゆっくりとジゼルの周りを歩く。

夫人の言う階下とは使用人たちが暮らす区画のことだったが、貴族の暮らしを知らないジゼルには、その言葉の意味がわからなかった。

夫人はジゼルの母を農場の娘と蔑《さげす》んでいるが、母が育った農場は使用人がたくさん働く大きな農場だったと聞かされていた。母は農場主の娘として大切にされ、乗馬はするけれど馬屋の掃除どころか自分の部屋だって掃除したことがないようなお嬢様だったそうだ。

かなり裕福で伯爵とは言わなくても、いい縁談がたくさんあったらしいと、母とジゼルの世話をしてくれていたメイドから聞かされていた。

「もういいわ。この目障りな娘を二度と私の目に触れないところに連れて行きなさい」

そう言い捨てて、夫人がその場から立ち去ろうとしたときだった。

「お母様、私の妹にそんなことおっしゃらないで」

子どもらしい甲高い声がして、ジゼルより少し年上の愛らしい巻き毛の少女が階段を駆け下りてきた。

淡いピンク色のフワフワとしたドレスを身にまとった少女はジゼルのところまで来ると、夫人から庇《かば》うように背を向けた。

「フランソワーズ！　部屋にいなさいと言ったでしょう！」

「嫌よ。昨日お父様は私の部屋にきて、私の妹だってはっきりおっしゃったわ。それなのに階下に行かせるなんて」

「なにを言っているの。あなたとこの娘では身分が違います。あなたはまだ子どもだから知らないでしょうけれど、母親は卑しい身分のものなのです。我が家にはあとにも先にも娘はあなただけです。妹だなんて、汚らわしい‼」

夫人はゾッとした顔で身震いをした。

「牧師様はそんなことをおっしゃらなかったわ。私たちはみんな同じ人間で、たまたま生まれてきた環境が違うだけだって。お母様だって私だって偶然貴族に生まれてきただけなのよ」

「そんな屁理屈《へりくつ》を言うんじゃありません！　いいから早くその子を連れて行きなさい」

再び使用人にジゼルを託そうとする夫人の前で、フランソワーズと呼ばれた少女はキッパリと言った。

「では、私も今夜から階下で休むわ。お母様を亡くしたばかりのこんな小さな子をひとりになんてできないもの。その代わり私もお母様の前から姿を消すことになると思うけれど」

小さな娘の言葉に動揺した夫人は一瞬ジゼルを睨みつけ、半ば諦めたような溜息《ためいき》を吐いた。

「……まったく旦那様もあなたも私を困らせようとしているのね！　勝手になさい！　その代わり私はその娘には関わりませんよ‼」

夫人は早口で言い捨てると、たくさんのレースが縫い付けられたドレスの裾を翻してその場をあとにした。そして階段の上に夫人が消えたとたん、フランソワーズは安堵したようにホッと溜息を漏らした。

随分あとになってから姉の乳母に聞かされたのだが、それまでのフランソワーズは大人しく、伯爵夫人に口答えしたことなどなかったそうだ。実際普段は性格も話し方も深窓の令嬢らしく温和でおっとりしていた。

なぜあのときあんなにもジゼルを庇ってくれたのかわからないけれど、夫人に刃向かうフランソワーズに乳母も驚いたそうだ。

「さあ、いらっしゃい。お父様から歳が近い女の子だと聞いて、あなたが来るのを楽しみしていたの。部屋は私の隣を使ったらいいわ。お洋服もね、私があなたぐらいのとき着ていたものがたくさんあるのよ」

優しく手を取られ、ガラス玉のようにキラキラとした水色の瞳に微笑《ほほえ》みかけられたジゼルは、急に緊張がほどけてワッと泣き出してしまった。

母と暮らしていた屋敷には、母の実家からついてきたという元乳母のメイドと伯爵がつけた数人の使用人がいたけれど、母が亡くなった途端誰が呼んだのか母の兄だという人が現れて、ジゼルの身の振り方を決めてしまった。

そして慣れ親しんでいた使用人たちから引き離され、伯爵家の領地を管理する男に連れられてこの屋敷に来たのだ。

ジゼルに残されたのは母が大切にしていた水晶を連ねたロザリオだけで、それも首にさげるには五歳のジゼルには大きすぎ、乳母が用意してくれた巾着に入れたものを握りしめてここまで来た。

「ああ、もう大丈夫よ。ここはあなたの家なのだから」

小さな手の中に滑り込まされた、美しい刺繍《ししゅう》が施されたハンカチーフを顔に押しつける。

「うう……っ、ひっ、く……ううっ」

「困ったことがあったらなんでも私に相談してね。私はあなたのお姉様になったのよ」

その言葉に、グズグズと鼻を鳴らしていたジゼルはハンカチーフから顔を上げた。

「……おねえ、さま?」

初めて泣き声以外で言葉らしい言葉を話したジゼルに、フランソワーズはニッコリして頷《うなず》いた。

「そうよ。今日から私はあなたのお姉様。仲良くしましょうね」

フランソワーズがそう言ってジゼルの小さな身体をギュッと抱きしめたから、ジゼルはまたたくさん泣いてしまった。

それからのブーシェ家での生活は、すべてが幸せだったとは言いがたい。ただ伯爵夫人がジゼルを虐《いじ》める気配を見せてもフランソワーズがいれば庇ってくれた。

義母に近しいメイドたちは決してジゼルに優しくなかったけれど、フランソワーズの乳母や下働きの使用人たちはみんなジゼルと仲良くしてくれた。

夫人は娘がジゼルを可愛がる以上まったく無視することもできず、最低限の衣食住は与えるという態度だった。それは娘として受け入れたのではなく施しで、そうしなければ愛娘《まなむすめ》がジゼルを庇うために、より深く関わってしまうからだった。

その証拠に来客があるときは部屋から一歩も出ないよう言い付けられ、伯爵家にはいないものとされた。夫人はあくまでも伯爵家の娘はフランソワーズひとりという姿勢を貫いていた。

せめて伯爵が父として自分にもう少し興味を持ってくれたらと思ったことは何度もある。しかし成長するにつれ、伯爵夫人が自分を嫌う理由も理解できるようになった。

結婚し娘が生まれて間もなく、夫は領地で他の女に手をつけたあげく、子どもを産ませ家や使用人を与えて囲っていたのだ。その娘が憎らしくないはずがない。

そんな背景もあって、義母の目をはばかった伯爵が無関心な態度を取るのだと理解できたとしても、やはり実の父親に冷たい態度を取られるのはジゼルの心を傷つけた。

別に貴族の娘になどなりたくない。伯爵が許してくれさえすれば、母と暮らしていた家に戻って、もう伯爵夫妻の目に触れない場所で暮らすことになったとしてもかまわなかった。

フランソワーズがいなければ、伯爵家に留《とど》まる意味などなかったのだ。

フランソワーズはなにかにつけてジゼルを自分と同様に扱うよう伯爵夫人や使用人たちに求めた。

例えば家庭教師のこともそうだった。農場の娘に勉強は必要ないという夫人を説き伏せ、自分と一緒に歴史や外国語、礼儀作法を学ばせてくれた。

毎年夏に半月ほど別荘へ出かけるときも、必ずジゼルを一緒に連れて行った。

ジゼルが屋敷に来るまでは夫人も同行していたそうだが、フランソワーズがジゼルを連れて行くようになってからは、夫人はなにかと理由をつけて居残りをするのが習わしになった。

ブーシェ家の別荘は高原にあり、辺りには王族をはじめ名だたる貴族も別荘を構えている地区で、ジゼルはほんの半月とはいえ夫人の目がないことが嬉《うれ》しくて、毎年その時期を楽しみにしていた。

本宅にいるときは容易に外を出歩くことは許されないが、別荘に来るとその監視が緩むのも嬉しかった。

フランソワーズと一緒に牝馬《ひんば》に乗って辺りを散策することもできるし、ひとりで散歩に出ても咎《とが》められることはない。本来なら散歩するにしても、貴族の令嬢なら馬番やメイドの供をつれて歩くのが普通だが、フランソワーズはともかくジゼルにそこまで口うるさく言う人間はいなかった。

男と出会ったのは、そんなひとりで散策しているときだった。

当時ジゼルは十四歳、フランソワーズは社交界へのお披露目を控えた十六歳だった。

フランソワーズが刺繍をする隣で本を読んでいたジゼルは眠気を覚え、気分転換にふらりと散歩に出た。

フランソワーズがくれたピンク色のコサージュがついた大きな麦わら帽子を被り、サテンのリボンを顎の辺りで斜めに結んだジゼルは、木々が生い茂る遊歩道をブラブラと歩く。

姉に言われて最近やっとコルセットを身に着けるようになったが、それがうっとうしくて仕方がない。なぜ女性はこんな暑苦しいものを身に着けて生活しなくてはいけないのだろうと不満はあったが、妹を淑女として仕上げようとしてくれている姉には逆らえなかった。

実際には自分は貴族に嫁ぐことはないし、姉が誰かと結婚し屋敷を出ていくことになったら、自分もあの屋敷に留まるつもりはなかった。

ブーシェ家で暮らすようになって、女性にも色々な職業があることを知った。母と暮らしていたときもわずかな使用人がいたが、みんなで肩を寄せ合って暮らす家族のような関係だった。

しかし貴族の屋敷では主たちが暮らす階上《うえ》と階下がしっかり分けられており、階下で暮らす人々の職種は様々あった。

屋敷の家事一切を取り仕切る家政婦、フランソワーズに勉強や礼儀作法を教える家庭教師、メイドになると夫人の世話をするレディーズメイド、ハウスメイド、キッチンメイド、ランドリーメイドなど、階下にはたくさんの女性が生活していた。

家庭教師の女性だけはフランソワーズとジゼルの近くに部屋を与えられており、乳母とともに朝目覚めてから夜眠るまでの生活の面倒を細々と見てくれる。

働くことの大変さはまだ理解できないけれど、伯爵夫人に蔑まれながらブーシェ家で暮らすより、どこかの屋敷で働く方がよっぽどマシだと考えていた。

幸い勉強は好きだったから、家庭教師のような少しでも知識を生かせる仕事ができれば嬉しいが、子息を預かる仕事は身分証明や紹介状などの詮議がかなり厳しいと聞くので難しい。ジゼルの存在を公にしようとしない伯爵や夫人が、すんなりと紹介状を書いてくれるとは思えないからだ。

メイドの仕事も同様だが、フランソワーズが結婚するときには、自分もなんとかしてこの家を出る算段をするつもりだった。

そんなことを考えながら歩いていたジゼルは、蒸し暑さと喉の渇きを覚え立ち止まった。一瞬別荘に戻ろうかとも思ったが、ここからなら高原の湧き水が流れる小川の方が近い。まだ日は高いし、小川まで行って一休みしてから引き返すことにした。

森の中にはいくつか湧き水が溢《あふ》れる場所があるが、ジゼルが目指した場所は流れが穏やかで、幼い頃はフランソワーズと足を水に浸して遊んだ場所だった。

ジゼルは小川の縁にしゃがむと、両手で清水をすくって唇へと運ぶ。冷たい水で喉を潤すと、今度はブーツと靴下を脱ぎすて、手近な木の枝に麦わら帽子を引っかける。そのままスカートを膝まで捲り上げ、川の流れに足を浸した。

「ふふっ、冷たい！」

さすがに水浴びはできないけれど、冷たい水に足を浸しているだけで体温が下がっていくのがわかる。ジゼルはつま先で水を蹴り上げ、飛沫《しぶき》を散らした。

適度に木々が生い茂り、木漏れ日が澄んだ湧き水の上でキラキラと踊る。誰に咎められることもなく自分の好きなことができる開放感に、ジゼルからは自然と鼻歌が漏れた。

そのせいで人が近付いてきたことに気づかず、背後でガサリと草を分ける音が聞こえて、ジゼルは飛び上がるようにして振り返った。

「だ、誰!?」

誰何《すいか》とともに、木々の間から葦毛《あしげ》を引いた青年が姿を現した。

年齢は二十かもう少し年上で、労働階級の人たちのような少し薄汚れたシャツとズボンを身に着けている。一目見てこの辺りの別荘の使用人だと見当はついたが、その割に顔立ちが上品に見える。

輝く金髪に伯爵夫人の胸を飾る宝石のような緑の瞳は、思わず吸い込まれてしまいそうなほど魅力的だ。それに肉体労働者にしては日焼けしている様子もなく、白い肌がとても綺麗《きれい》なことにも違和感を覚えた。

もしかして彼は人の姿をした森の精霊ではないだろうか。ジゼルがそんなことを考えたときだった。

「君こそ何者だ。女ひとりで森の中にいるなんて。まさか君は……オンディーヌじゃないだろうな」

青年はそう言うと、ジゼルに疑わしげな眼差《まなざ》しを向けた。

オンディーヌとは物語に出てくる、人間と恋に落ちる水の精霊のことだ。精霊は類《たぐ》い希《まれ》なる美貌で騎士を魅了したと言われているが、そんな絶世の美女と称される精霊と間違われたことに、ジゼルは思わず噴き出してしまった。

「ふふふっ」

ジゼルの笑う様子を見て、険しかった目元をふっと緩める。

「どうやら人間のようだな。君さえよければ馬に水をやりたいんだが」

「ああ、気がつかなくてごめんなさい」

馬を運動させていて、休憩のために寄ったというところだろう。ということは貴族の馬屋で働く馬番のひとりかもしれない。

ザブザブと飛沫を上げて小川を横切り岸に足をかけようとしたジゼルに、男が手を差しだした。

「どうぞ、お嬢様」

「ありがとう」

男性にこんなふうに扱われるのは初めてで、ジゼルはドキドキしながら男の手を借り岸へ上がった。

抱えていたスカートを下ろし整えていると、男が木の枝に引っかけてあった麦わら帽子を取り上げ振り返る。それをジゼルに差しだしながらがっかりしたように言った。

「なんだ、もう足を隠してしまうのか。せっかくいい眺めだったのに」

「‼」

その言葉に真っ赤になったジゼルを見て、今度は男が噴き出す番だった。

「さっきまで気にもしていなかったじゃないか。今さら恥ずかしがっても遅いぞ」

「だって……いつもは誰もいないから！」

ジゼルは慌ただしく帽子を被り、素足のままブーツを履く。素足で硬い靴を履けばたちまち靴擦れしてしまうが、今日の靴は散歩用にすっかり履きならしているものだ。男から十分離れる間ぐらいなら問題ないはずだ。

帽子のリボンも結ばないまま、ジゼルがその場から立ち去ろうとしたときだった。

「待ってくれ。もう少し君と話がしたい」

「……っ！」

手首をグイッと摑まれ引き戻される。

色白で華奢な男だと思っていたのに、意外にも強い力で手首を取られ動けなくなった。

「怖がらなくていい。君になにかするわけじゃない。ただ、少しだけ俺のオンディーヌと話をしたいだけだ」

〝俺のオンディーヌ〟だなんて、とても思わせぶりな台詞《せりふ》だ。ただの言葉遊びのようなものだとわかっているのに、ジゼルはうっすらと頬を染めてしまった。

「草の上に座るのは嫌？」

「い、いいえ。大丈夫よ」

ジゼルが頷くと、男はジゼルをエスコートして日差しの当たらない木陰に座らせた。

「これでいい。少しだけ待っていてくれるね？」

こっくりと頷くジゼルに笑いかけると、男は連れていた葦毛の元へと戻っていった。

馬に水をやり、草を食《は》ませながら木に手綱を結びつける様子をぼんやりと眺めていると、男が身を翻し戻って来て、ジゼルのすぐ隣に腰を下ろした。

「綺麗な葦毛ね」

ジゼルの言葉に男はわずかに眉をあげた。

「君は馬が怖くないんだな」

「あら、どうして怖いの？　あんなに賢くて綺麗な生き物はいないわ」

目を丸くするジゼルを見て、男が唇に優しい笑みを浮かべる。

「乗馬が好きみたいだな。ポニーに乗るのかい？」

からかうような口調にジゼルは顔をしかめた。ポニーは大人しい小型の乗用馬で、主に子どもが馬に慣れるために乗るものだ。

彼には自分がまだポニーに乗るような子どもに見えるのだろうか。見くびられたような気がして、ジゼルはツンと顎をあげた。

「ええ。もう大人ですもの。ポニーじゃない、大きな馬にだって乗れるわ」

ここに女性用の鞍《くら》と乗馬靴さえあったなら、今すぐあの葦毛に乗って見せてやるのに。乗馬には自信があった。その証拠に別荘の馬番たちは、いつもジゼルにはフランソワーズより元気な牝馬を勧めてくれる。

すっかり機嫌を損ねてしまったジゼルに、男は苦笑いを浮かべた。

「冗談だよ。確かにポニーに乗るような子どもには見えないな。だがすぐカッとするところは冗談の通じない子どもみたいだ」

「な！」

思わず睨《ね》めつけると、男はジゼルの剣幕《けんまく》に弾けるように笑い出した。

「そんな怖い顔をしないでくれ。君はこの辺りの別荘に来ている貴族の娘だろう？」

「えっ？」

そう問われて、ジゼルは目を見開いた。

「そんなに驚くことじゃないだろ。この辺りは貴族の別荘と王家の離宮しかない。君の身なりを見ればどこかのご令嬢であることは一目でわかったよ」

男の言葉にジゼルは納得して頷いた。ついさっき自分も男の服装を見て、彼がどこかの使用人だと見当をつけたのだ。

「……馬のお世話をしているということは、あなたはどこかの馬番なの？」

「ああ。そんなところだね」

男は素っ気なく頷く。自分のことはどうでもいいという態度にも見えた。

横顔は貴族的で鼻が高くスッと伸びていて美しい。顔だけ見れば彼こそどこかの貴族の令息に見える。

それにオンディーヌの例えを口にするのも、ただの馬番にしては教養があるように思えた。

「あのぅ……どうして私をオンディーヌなんて呼んだの？」

ジゼルの問いかけに、男の口の端がからかうように吊《つ》り上《あ》がる。

「木漏れ日の中で水遊びをする君はキラキラと輝いていて、まるで森の中で遊ぶ精霊のように見えたからだ。その美しい足を見せびらかして男を誘っていたし、人間を魅了したオンディーヌそのものだろう？」

視線を膝の方に向けられ、ジゼルは見えないとわかっていてもスカートを押さえ付けて真っ赤になった。

「あ、あれは忘れてちょうだい……っ！」

ドレスを濡《ぬ》らさないように、膝が見えるほどスカートをたくし上げていたのだ。本来なら足首を見せるのもはしたないことで、真面目なフランソワーズがこのことを知ったら卒倒してしまうかもしれない。

「どうして？　なかなかいい眺めだったぞ。そういえば、最初は君の鼻歌が聞こえて誰かいるのだと気づいたのだから、セイレーンと例えた方がよかったかな」

セイレーンとは上半身は人、下半身が鳥の姿をした生き物で、海で航海中の人を美しい歌声で惑わし遭難させるという怪物だ。怪物に例えられるよりは、まだ人間と恋に落ちたという精霊オンディーヌの方がマシな気がする。

「どちらにしても、君に魅了されたって言ってるんだ」

考え込んでいたジゼルの間近で男の声が聞こえて、顔を上げる。すると男が腕をジゼルの腰に回し、ほっそりとした身体を優しく引き寄せた。

「……え」

言葉を交わしたら息がかかってしまいそうなほど顔が近い。まだ少女の域をでないジゼルには、大人の男性とこんなふうに寄り添うことの意味がわからなかった。

「君が誰なのかも知らないのに、一目惚《ひとめぼ》れだって言ったら信じてくれるか」

「あ、あの……」

美しい緑の眼差しに見つめられ、思考が真っ白に塗り込められる。心臓が大きな音を立てていて、頭の中までドクドクという音が響き、男の声もくぐもって聞こえてしまう。

「……俺のオンディーヌ」

ジゼルが抵抗しないことに勇気づけられたのか、男は掠《かす》れた声で呟《つぶや》くと、ゆっくりと顔を傾けた。

このままでは唇が触れてしまう。そう思ったときには、唇が男のキスで塞がれていた。

「……ん」

唇に触れた生温かく濡れた不思議な感触に、ジゼルは目を見開いた。

男の唇がゆっくりと、角度を変えて何度も擦りつけられる。そのたびに触れられていない背筋がゾクゾクとして、寒くもないのに身体を震わせてしまう。

何度かジゼルの唇を吸いあげたあと、男は微かに顔を上げクスリと笑いを漏らした。

「こういうときは目を閉じるんだ」

そんなことを言われても驚きすぎて身体が動かない。すると男が手を伸ばし手のひらでジゼルの両目を撫《な》で下《お》ろし、そのまま塞いでしまった。

「目を閉じていた方がお互いを感じられる」

——お互いを感じる？　どういう意味だろう。そう問いかける前に再び唇がキスで塞がれ、言葉は飲み込まれてしまう。

「ふ、ん……ぅ」

先ほどよりもしっかりと唇を覆われ、濡れた舌先が唇の合わさった場所をなぞる。開けろと促されているような気がして、ジゼルは誘われるまま口を開けた。

すぐにぬるりと舌先が滑り込み、ぬるぬるとジゼルの口の中を這《は》い回《まわ》り始める。

「んぁ……ふ……ぁ」

口の中が厚みのある粘膜で埋められ、息が苦しい。そう、浴槽で足を滑らせて水の中に潜ってしまったときに似ている。呼吸をしようとしても空気が入ってこないのだ。

怖くなって頭を振って抵抗を示すと、目を覆っていた手が外れて、両手で身体を押さえ付けられてしまう。

「ん、んぅ……ん……は……ぅ」

男の舌が蠢《うごめ》くたびに口の中から唾液が溢れてきて、やがて雫《しずく》が口の端から溢《あふ》れ出《だ》す。男はためらうことなくその唾液ごとジゼルの小さな舌を痛いぐらい強く吸いあげる。

「……はぁ……ん……んんぅ……」

次第に絡み合う舌の動きが心地よくて、身体は熱が出たときのようにふわふわとして覚束《おぼつか》なくなってくる。男に抱きしめられていなければ、どこかに飛び去ってしまいそうだ。

確かに男の言う通りだった。目を閉じている方が舌や唇が擦れ合う刺激が感じられてうっとりとしてしまう。

「はぁ……っ」

強く抱きしめられて、ジゼルの薄い胸が男の硬く逞《たくま》しい胸に押しつけられた。

「かわいい……」

男の肩口に顔を埋め、ジゼルは荒い呼吸を繰り返す。

自分は今なにをしていたのだろう。出会ったばかりの名前も知らない男に抱きしめられて、すっかり身を任せてしまっている。

「そういえば……名前を聞くのを忘れていたな」

男もそう思ったのだろう。大きな手でジゼルの髪を梳《す》いた。

「それに貴族の娘なのに付き添いもなしにこんなところにいるなんて感心しないぞ」

そう呟いてから、男は自嘲するような笑いを漏らす。

「俺のような悪い男にこうして簡単に唇を奪われてしまうからな」

からかうように覗《のぞ》き込《こ》まれて、ジゼルは身を起こし首を横に振った。

「あなたは……悪い人には見えないけれど」

「出会ったばかりの淑女の唇を奪う男は悪い男なんだよ。君はそういうことに免疫がないような箱入り娘だからわからないのだろう。まったく、君の屋敷の者はなにをやっているんだ？　つけいった俺が言うのもおかしいが、君のような若い娘をひとりで出歩かせるなんてどうかしている」

確かに、貴族の娘と思われる風体の少女がひとりで、しかもこんな森の中にいることなど常識ではあり得ない。しかし自分はそこまで心配される身分の娘ではないと説明をするには、色々とややこしすぎた。

「えーと、メ、メイドと一緒に来たのだけれど……は、はぐれてしまって……そのあたりにいるはずなんだけれど……」

ジゼルは詮索されるのが怖くてしどろもどろになりながらいいわけを口にした。

「どうせ水遊びをしたいからメイドを撒《ま》いてひとりで来たんだろ？　悪い子だ。まあ付き添いがいたらこんなふうに君に触れることはできなかったな」

男は苦笑しながら、優しくジゼルの頬に唇を押しつけた。その仕草は昔からジゼルに口づけていたような気安さがあって、ホッとしてしまう。

きっと自分も平民の出だから、馬番のような労働階級の男性の方がしっくりくるのだろう。ジゼルが口づけの擽《くすぐ》ったさに首を竦《すく》め、クスクスと笑いを漏らしたときだった。

「では、俺があなたの屋敷まで送っていこう」

その言葉に、ジゼルは男の腕の中で飛び上がった。そんなことをしたらジゼルが伯爵家の人間だとわかってしまう。彼はジゼルのことを貴族の娘だと思っているようだから、娘がひとりしかいないはずの伯爵家に、もうひとり娘がいることを知られては大変だ。

「え？　い、いえ！　すぐ近くだから、ひとりで帰れるわ」

ジゼルはすっくと立ち上がり、男の腕の中から飛び出した。

「それならなおさら」

腰を浮かす男の前で手を振り必死で押しとどめる。自分がどこの誰なのか、知られてしまったら大変なことになる。自分はブーシェ家に存在してはいけない人間なのだ。

「い、いいの！　ご親切にありがとう‼　そろそろメイドが私を探しに来るでしょうし、あなたの言う通り、こんなところを見られたら大変だわ。そ、それよりあなたは？　この近くにお住まいなのかしら。どこのお屋敷なの？」

そう言いながらわずかに後退《あとずさ》りする。どこの屋敷の使用人か聞きだしておいて、そちらのお屋敷には近付かないようにしよう。

ゆっくりと離れようとしているジゼルに気づいたのか、男の手がジゼルの細い手首を掴んだ。

「その前に君の名前を教えてくれ」

名前ぐらいはかまわないだろうか。どうせ調べても貴族の娘の中からジゼルの名前は出てこないだろうし、もう二度と会うこともないだろう。

「あ、あの、私の名前は」

ジゼルが自分の名前を告げようとしたときだった。

遠くで馬の嘶《いなな》きが聞こえ、ジゼルは思わず耳を澄ました。男もそれに気づいたのか、微かに聞こえた音を追うように顔を動かす。

続いて草を踏みしめる音が聞こえてきて、ジゼルは慌てて男の手から自分の手を引き抜いた。

あまりにものんびりしていたので、屋敷の者かフランソワーズが探しに来たのかもしれない。知らない男と一緒にいるところなど見られたら大変なことになる。二度とひとりで散歩に出してもらえなくなるだろう。

「私、行かないと」

引き留められるかと思ったのに、男はジゼルの言葉にあっさりと頷いた。

「そうだな。俺ももう行かなくては」

男もなぜか慌てたように立ち上がり、馬に駆け寄って手綱を取る。まるで逃げ出すみたいだと思いながら、ジゼルも慌てて麦わら帽子を拾うと男に背を向けた。

これでいい。もう会うこともないのだから、お互い名前など知らなくてよかったのだ。

ジゼルが挨拶もせずに、音がしない方の小道に駆けだしたときだった。

「待ってくれ！　君ともう一度会いたい」

追いかけてきた声にドキリとして思わず立ち止まり、男を振り返った。

「明日ここで待っているから、そのときに君の名前を教えてくれ」

すでに馬に跨がっていた男が、緑の瞳で射貫《いぬ》くようにジゼルを見つめる。

もう一度会いたい。それは自分も同じだ。でももう一度会ったらきっと彼に自分の名前や素性を話すしかなくなってしまうだろう。

もしそうなったら、伯爵家の秘密が世間に知られてしまうことになる。ジゼルはもう一度ジッと男を見つめ、それから肯定も否定もせずに身を翻した。

「待っているから！」

男がそう叫ぶ声が聞こえたけれど、ジゼルはもう振り返ろうとはしなかった。

どれだけ走ったかわからないが、ジゼルが森から屋敷へ通じる小道へと飛び出した途端、

「きゃっ」と小さな悲鳴が上がった。

その声に驚いて顔を上げると、ピンク色のフリルで縁取られた日傘を手に、フランソワーズが目を見開いて立っていた。

「お姉様⁉」

「ジゼル！　よかった‼」

その場にへなへなと座り込んでしまうのではないかと言うほど顔色を変えた姉に、ジゼル

は慌ててその身体を支えるために駆け寄った。

「お姉様、大丈夫？」

「なかなか戻ってこないから心配したのよ。あなたは愛らしいから誘拐されたか、それとも怪我《けが》でもしたのかと心配で……ひとりで歩いていいのは屋敷の周りだけと言ったのに」

おっとりした姉にしては珍しく取り乱している様子に、心配をかけてしまったことに気づく。

「ごめんなさい。お天気がいいからつい遠くまで歩いてしまって」

申し訳なさに俯くジゼルの手を、フランソワーズが優しく握った。

「あなたが無事ならいいのよ。それに私もわかっているの、あなたがここに来れば人目も気にせず自由に過ごせるということを。それもあって私も毎年ここにあなたを誘うんですもの」

「お姉様……」

「でも次からは私との約束を守ってね。あなたになにかあったら……」

「お姉様、本当にごめんなさい。もう絶対にひとりで遠くに行ったりしないわ」

姉の優しさに思わず涙ぐむと、フランソワーズは握り合っていた手をほどき、ジゼルの手をあやすようにポンポンと叩いた。

「さ、帰りましょう。そろそろ屋敷の者たちも私たちがいないことに気づいて騒ぎ出してしまうわ」

姉に促されて歩き出しながら、ジゼルはチラリと森の入口を振り返った。

先ほどまでは、明日もう一度あの場所に行こうかと迷っている自分がいたのだ。しかしやはり姉のこの取り乱した様子から、二度とあの男とは会わないことに決めた。

ほんの短い時間を過ごしただけだが、彼はきっとあの場所に来るだろう。そしてジゼルが現れることを期待して、あの場所で無駄な時間を過ごすことになる。

必ず行くと約束はしなかったけれど、きっと彼はがっかりして自分のことなど忘れてしまうだろう。ジゼルは無意識に彼に口づけられた唇に触れた。

「ジゼル？　どうしたの？」

腕を組んで隣を歩いていたフランソワーズが、訝《いぶか》しげにジゼルの顔を覗き込んだ。

「ああ、ごめんなさい。なんでもないの」

ジゼルは慌てて首を振り、姉を心配させないようわざとおどけて言った。

「お腹《なか》が空《す》いてしまったから、森で野いちごでも摘んでくればよかったと思って」

「まあ。帰ったら料理長が焼いてくれたクッキーがあるわ。少し遅くなってしまったけれど、帰ったらお茶にしましょう」

「本当？　私の好きなチョコチップのクッキーだといいんだけれど。さ、お姉様急ぎましょう！」

ジゼルは組んでいる姉の手を引くようにして、早足で歩き出す。

「ジゼルったら」

隣でクスクスと笑いを漏らす姉にホッとして、ジゼルはあの男の姿を頭の中から必死で追い出そうとしていた。

それから間もなくして、フランソワーズは社交界にデビューし、拝謁で王子に見初められ結婚を申し込まれた。

伯爵家がフランソワーズの婚約で沸き立つ中、ジゼルはやはりあの男に会いに行かなくてよかったのだと胸を撫で下ろした。

万が一ジゼルの存在が公になっていたら、伯爵の不祥事として王家との縁組みなどできなかったかもしれない。

これでよかったのだと自分に言い聞かせる裏では、あの馬番のような身分の気さくな若者の方が自分には相応《ふさわ》しかったという後悔もしてしまう。

あのときあの男に会いに行き、その手を取っていたら自分の運命は変わっていたのだろうか。どうせブーシェ家で必要とされない身なら、あの男にすべてを話し、こんなところから連れ去って欲しかったと思ってしまうのだ。

もちろんそれは叶わない夢だとわかっているけれど、ジゼルの中で彼は特別な存在になっていた。

多分初恋だったのだと思う。父と使用人以外の男性とはほとんど接触もなく、初めてキスをした名も知らぬ男が自分を救い出してくれる、そんな物語のようなことに憧れていたのかもしれない。

でも自分にそんな自由はない。せめて大切にしてくれるフランソワーズの結婚だけは邪魔してはいけないのだ。

だからジゼルは、フランソワーズが王子との結婚話を喜んでいるものだと思っていた。美しいフランソワーズだからこそ、王子も一目で恋に落ちたのだ。

こちらも物語のような話だが、美しい姉にはぴったりの恋物語だと思っていた。

その後国王の逝去もあり婚約期間が延びてしまったが、フランソワーズが二十歳、新王リュシュアンが二十六歳でめでたく成婚の運びとなったとき、ジゼルは自分のことのように喜んだ。

それなのにフランソワーズは、結婚式まであとわずかという日に、突然姿を消してしまった。

結婚式の一週間前、ジゼルは部屋で本を読んでいた。結婚式の準備であれこれ慌ただしく、王家からの使いの者が出入りすることも多くなり、伯爵夫人から部屋から出ないようきつく言い付けられていたからだ。

そこに突然伯爵が駆け込んで来た。

「フランソワーズはどこにいるんだ！」

その剣幕に、ジゼルは読んでいた本をしおりも挟まずに閉じてしまった。

「お父様⁉　お姉様がどうかなさったの？」

「いいから、フランソワーズがどこにいるかだけ答えるんだ！」

ジゼルはまだなにが起きているのかも理解できないまま姉の顔を思い浮かべた。

「今日はお会いしていません。昨夜おやすみを言いに部屋に来てくださって、そのとき少しお話ししただけよ。私は部屋から出ないように言われているので、お食事もお部屋でいただいているし」

ジゼルはそこまで言いかけて、昨夜のフランソワーズは少し様子がおかしかったことを思い出した。

最初はウエディングドレスの最終調整をしたとか、王家から当日身に着ける宝石類一式が届いたとか、そんな話を聞かせてくれていたのに、途中からうち沈んでしまい、別れ際にジゼルを抱きしめてキスをしながら、急に涙ぐんでしまったのだ。

「お姉様？　どうなさったの？」

「私がここを出ていったしまったあと、あなたがどうなるのかと考えたら……」

「私のことならどうとでもなるわ。お父様にお願いして領地の屋敷に行かせてもらおうと考えているのよ。お義母様もそれなら喜んで承知してくださるでしょうし」

「ジゼル、本当にごめんなさい。できることならあなたも一緒に連れて行きたいのに」

フランソワーズはジゼルを抱きしめたまま鼻を啜《すす》り上《あ》げた。

「お姉様は心配性ね。今は幸せいっぱいの時期のはずでしょう？　まさかマリッジブルーなんて言わないわよね？　お姉様は自分が幸せになることだけを考えればいいのよ」

背中に回していた腕で背中をぽんぽんと叩いてやると、フランソワーズは顔を上げ、ハンカチーフで涙を拭った。

「ばあやにあなたのことを頼んであるから、なにかあったら彼女を頼るのよ」

「わかっているわ。だからお姉様はそんな心配なさらないで。私はお姉様に幸せになって欲しいの」

ジゼルが笑いかけると、フランソワーズもなんとか力ない笑みを浮かべたのだ。まさかあのあとなにかあったのだろうか。

「お父様、まさかお姉様になにか」

すると伯爵がジゼルの言葉を遮るように言った。

「今朝からフランソワーズの姿が見えないのだ」

「……そんな」

ジゼルの手から分厚い本が滑り落ち、床でゴトリと音を立てた。

「今、フランソワーズが行きそうなところを使用人に探させているが……なにか聞いていないのか」

そこに伯爵夫人が駆け込んで来て、いきなりジゼルに詰め寄った。

「おまえがフランソワーズを唆したのでしょう！　そうでなければ、あの子が私になにも言わずにいなくなるなんてありえません‼　さあ言いなさい！　フランソワーズをどこに隠したのです！」

「お義母様、落ち着いてください。私も今お父様から事情を伺ったばかりで」

「汚らわしい‼　平民の娘にお義母様なんて呼ばれる筋合いはありません！　早く、フランソワーズの居場所を言いなさい‼」

夫人はそう言うとジゼルの腕を掴み、もう一方の手で長い髪を鷲掴《わしづか》みにする。

「ああっ！　お、お許しください！　本当に知らないのです」

「やめなさい。この娘は本当にフランソワーズの行方を知らないようだ。おまえこそどうして今までフランソワーズがいないことに気づかなかったのだ！」

伯爵の言葉に夫人はジゼルを睨めつけながらも渋々その手を離す。ジゼルはその場に頽《くずお》れながら夫人を見上げると、まだジゼルを疑っていることは明らかな顔で睨めつけられた。

それから結婚式までの伯爵家は大騒ぎで、ジゼルはその騒乱の渦中へと放りだされた。

伯爵家の者があちこち調べて回ったところ、夜になって牧師の息子も姿を消しているという情報が届けられた。

教会といえばフランソワーズが日を置かず手伝いに出かけている場所で、それを聞いて、誰もがふたりは駆け落ちをしたのではないかという最悪の事態を考えるしかなくなった。

そしてそれを裏づけるようにその日の深夜、別の者がふたりと思われる男女が王都に向かう乗合馬車に乗っていたという情報を持ち帰る。

伯爵は十中八九外国へ行く船に乗るだろうと踏み、翌朝まだ暗いうちに追っ手が出されたが、一足遅くふたりは外国へ向かう船で出立してしまっていた。

「なんということだ！　王家の妻に、王妃になれるチャンスをむざむざ捨ててなんの取り柄もない牧師の息子と駆け落ちだなんて」

「旦那様、今すぐフランソワーズを連れ戻してくださいませ！　きっとフランソワーズはその男に誘拐されたのですわ。あの子は駆け落ちなどするような娘ではありませんもの」

珍しく応接間で伯爵夫妻との同席を許されていたジゼルは、夫人が涙を流さんばかりに伯爵に詰め寄る姿を、少し離れたところからスツールに腰掛けて見守っていた。

するとと伯爵が手にしていた手紙をテーブルに叩きつけた。

「置き手紙まで出てきたのに、おまえはまだそんなことを言っているのか！」

今朝寝室の枕の下から見つかったフランソワーズの置き手紙には、両親への謝罪と、自分は王の妻には相応しくない。もっと慎ましく静かに暮らすために家を出るという経緯が書《か》き綴《つづ》られていた。

ジゼルもその手紙を読ませてもらったけれど、姉がそんなことを考えていたと気づけなかった自分の鈍感さが情けなくなった。

この屋敷に引き取られてから一番そばでジゼルを見守ってくれたのはフランソワーズだ。少し心配性だけれど、優しく美しいフランソワーズを姉として与えてくれた神に、何度感謝したことだろう。

それなのに自分は愛情を与えられるばかりで、姉の苦しみに気づいてあげることができなかったのだ。

「陛下との結婚を捨てて牧師の息子と駆け落ちなど……聞けばふたりが親しかったというのは、この辺りで有名な話だというではないか。おまえは母親なのにそんなことにも気づかなかったのか」

「そんな！　あの子は優しい子ですから、教会にはボランティアで行っていただけです。美しいフランソワーズに牧師の息子が横恋慕したのですわ。結婚式までに連れ戻せばいいのです」

「馬鹿者！　次の船で追いかけたとしても結婚式の頃はまだ船の上だ‼　それよりも今はこの失態を陛下にどのようにお伝えするかだ。陛下との結婚を前に花嫁が駆け落ちなどと知られたら、王家を愚弄したと伯爵家など取り潰されてしまうぞ」

そう伯爵に一喝されたというのに夫人が怯《ひる》む様子はない。なんとしてでもフランソワーズを王と結婚させたいのだろう。

「そうだわ。突然病に伏したことにいたしましょう。結婚式は延期になってしまいますが、その間にフランソワーズを連れ戻せばよいのです」

「そんなことをしたら王家から侍医が差し向けられて、フランソワーズがいないことがすぐに知られてしまう。それに結婚式の一月《ひとつき》後には、戴冠式が行われるのだ。国事をたかが病気ひとつで先延ばしにできると思うのか。それよりなにかこの場を取り繕ういい案が……」

伯爵がふとなにかを思いついたように顔を上げ、視線を部屋の隅に座るジゼルに向けた。

「そうだ。あの娘がいるじゃないか」

伯爵の言葉に、夫人も視線を追うようにジゼルを見つめ、それからその顔を険しくした。

「旦那様。まさか」

ふたりの視線を一身に受け、ジゼルはなにを言われているのかわからず、知らず眉を寄せた。

「そのまさかだ。あの娘をフランソワーズに仕立てて結婚させればいい。幸いふたりはよく似ているし、二歳程度の年の差なら化粧でなんとでも誤魔化せるだろう」

「そんな！　あの娘とフランソワーズが似ているなんて！　第一目の色や髪質が違いますわ。フランソワーズは美しい巻き毛ですが、あの娘はなんの変哲もないストレートです。フランソワーズの見目形で結婚を申し込まれたのですよ。すぐに気づかれてしまうに決まっています！」

夫人はそう言い切ると、ジゼルを憎々しげに睨みつけた。

「では他にどうしろというのだ。おまえの娘の失態が伯爵家を窮地に陥れているのだぞ。そもそもこれは母親であるおまえの監督不行き届きでもあるのだ。私の考えにとやかく口を出す立場ではない。私はこの伯爵家の家名が汚されなければどちらの娘が花嫁になろうと問題ないのだ」

伯爵はにべもなくそう言い捨てると、ソファーから立ち上がりジゼルの前に立った。

「ジゼル、おまえは今日からフランソワーズだ」

「お、お父様……？　おっしゃっている意味が」

「おまえが姉の代わりに陛下の元に嫁ぐのだ。わかったな」

はっきりと告げられた言葉にジゼルは目を見開いて立ち上がった。

「そんなこと無理に決まっています！　お姉様に一目惚れされたという陛下なら、きっとすぐにお気づきになってしまいます」

「それなら問題ない。陛下がフランソワーズをご覧になったのは四年前の拝謁のとき、しかもかなり離れた場所からほんのひとときだけだ。言葉すら交わしたことがないのだから、おまえがフランソワーズだと言い張れば異を唱える者などいない。世間では我が家にはジゼルという娘は存在しないのだからな」

「そんな！」

伯爵の最後の言葉は、ジゼルの心を刃のように傷つけた。

「結婚式まではあと数日ある。いつも一緒にいたのだからフランソワーズになりきるぐらいできるだろう」

伯爵の言葉に、ジゼルは何度も首を横に振った。

そんなことができるはずがない。夫人の言う通り、自分とフランソワーズは違いすぎる。

すぐに見抜かれて、伯爵家が不敬罪に問われることになるだろう。

「お父様、どうか考え直してください。私にお姉様のふりをするなんて大役が務まるわけがありません！」

「できなくてもやるしかないのだ。もし真実を伝えたら陛下はお怒りになって、おまえの愛する姉も罪に問われることになるぞ。もちろんこの伯爵家もおまえのせいで取り潰される。すべておまえのせいだ」

「……」

そんな荒唐無稽《こうとうむけい》な話があるだろうか。ジゼルに非は一切ない。それは誰よりも伯爵がわかっているはずなのに、ジゼルが身代わりを引き受けなければすべてが台なしになるという。

正直、伯爵家にはなんの執着も未練もない。フランソワーズさえいなければ、何度この屋敷を飛び出そうと思ったことだろう。

伯爵は自分がこの身代わりを断れば、姉も罪に問われるという。それだけがジゼルをこの場に引き留めようと囁きかけてくる。

もっと早くに姉の気持ちに気づいていれば、こんなふうに騒ぎになる前に相談に乗ることができたかもしれない。姉が牧師の息子の話をするときに幸せそうな表情になることに、どこかで気づいていたのだから。

もしここでジゼルが断れば、姉はなんらかの形で連れ戻され、罪に問われる。そして愛する人と引き離されてしまうだろう。それだけは決して許すことはできない。

ジゼルは自分に残された選択肢が、たったひとつしかないことに気づいてしまった。

これまで自分を愛してくれた姉に恩返しできることといえばこれぐらいしかない。ジゼルは覚悟を決めて、息を深く吸い込んだ。

「……わかりました。お姉様の身代わりとして王家へ嫁ぎます」

そのひと言で、ジゼルは引き返すことのできない、茨《いばら》の道へ足を踏み出してしまった。

3　二度目の恋

フランソワーズのために用意されたウエディングドレスを身に着け、フランソワーズと同じ髪型をして臨んだ結婚式は、ジゼルの心配をよそに滞りなく行われた。

ベールを上げた瞬間、純白のタキシードを身に着けた王の姿に一瞬自分の目を疑った。そこにいるはずのない、四年前ただの娘と馬番として出会った男が立っていたのだから。

驚きにわずかに目を見開いたジゼルに、男――ヴェルネ王リュシュアンはわずかに眉を上げると、整った顔を傾けジゼルの唇に優しく自分のそれを押しつけた。

形式のみの触れるだけのキスなのに、ジゼルは全身に震えが走るのを確かに感じてしまった自分を恥じた。

自分はこの唇を知っている。あのとき、森の片隅でキスを交わした唇だ。

ジゼルは呆然《ぼうぜん》としたまま結婚式を終え、リュシュアンとともに馬車に乗り込み、ハネムーンも兼ねて王宮から一番近い離宮に向かった。

新婚とはいえ戴冠式も近いことから王宮との連絡が速やかに取れる場所を選んだと聞かされていたが、身代わりであるジゼルにとっては、行く場所がどこであろうと同じだった。

リュシュアンは忙しいらしく新婚旅行だというのに、馬車には側近のマルセル侯爵と侍従がひとり乗り込んでいる。ふたりが仕事の話をしている間、ジゼルは黙って窓の外を見ていればよかった。

向かっている離宮は海に近い崖の上にある屋敷で、断崖のおかげで警備の人数を少なくすることができるそうだ。人目を気にせずふたりで過ごすのには最適だと侍従が親切に教えてくれたが、男ふたりは顔を寄せて難しい顔で何やら話し合っている。

自分の結婚式の日まで仕事をしなければいけないなんて、王というのはやはり大変な仕事なのだ。自分は本当にその妻という役目が務まるのだろうかと改めて心配になる。

馬車が離宮に到着するまで、ジゼルはただぼんやりと雲ひとつない青い空と凪《な》いだ海を見つめ続けた。海岸沿いには白い箱のようにも見える石造りの家々が点在していて、海とのコントラストがとても美しい。そしてこの海の向こうにフランソワーズがいるのだ。

もう一度姉に会いたいという気持ちはあるが、誰にも見つからずどこかで幸せになって欲しいとも思う。フランソワーズが幸せでなければ、自分がこの身代わりを引き受けた意味がないのだ。

結婚式という一番の難関はなんとか越えることができたが、これから王とふたりきりになると思うと少し怖い。

王と閨《ねや》を共にすることまでが妻の役目だと知っていたが、それがどんなものなのかわからないのもジゼルの不安を煽《あお》った。

馬車は教会から一刻ほど走り続け、離宮の車寄せで停車する頃には男たちも話を終え、侯爵が書類を侍従に手渡してから頭を下げた。

「王妃様、結婚式が終わったばかりなのに無粋な話ばかりお耳にいれて申し訳ありませんでした。せっかくの旅路に退屈でいらっしゃったでしょう」

「いいえ。私には陛下と侯爵がなんのお話をされていたのかさっぱりですから、お気になさらないでください。それに美しい風景をゆっくりと堪能することができました」

ジゼルの言葉に、侯爵は胸に手を当てて再び礼を取った。

「申し遅れましたが、本日はご結婚誠におめでとうございます」

侯爵の優雅な礼に、肩に届くぐらいの長さの白金髪《プラチナブロンド》がさらりと流れ落ちた。微かに顔をあげ上目遣いでジゼルを見つめる琥珀《こはく》の瞳には甘やかな光りが滲んでいて、自分が王妃という身分でなければ誘惑されていると誤解してしまいそうだ。

「ありがとうございます」

ジゼルが侯爵ににっこりと微笑み返したときだった。

リュシュアンの手がジゼルの手首を摑んだかと思うと、そのままその腕の中に抱き取られていた。声をあげる間もなく、ジゼルを抱いたまま馬車を降りる。

「ここからは夫婦の時間だ。エルネスト、続きは明日にしろ」

リュシュアンの低く重々しい声に、ジゼルはドキリとして彼が怒っているのではないかとその顔を見上げた。

しかし侯爵は攻撃的とも言える態度が気にならないのか、馬車の扉から顔を出しふたりに向かってヒラヒラと手を振った。

「どうぞ、いい夜を」

「……」

リュシュアンはその声に応えずサッと身を翻すと、ジゼルを抱いたままエントランスの階段に足をかけた。

ジゼルは改めて建物を見上げ思わず感嘆の溜息を漏らし、ここが白の離宮と呼ばれている意味を初めて理解した。

壁や柱、建物全体が先ほど海沿いで見た民家のように真っ白だが、平屋根ではなく、建物の上部は半円を載せたような丸みのある形だ。それに窓から覗《のぞ》くカーテンやカーペットは夕ーコイズブルーで涼やかに見える。

王都ではあまり見かけない造りの屋敷だが、昔のヴェルネはこの造りの家が多かったそうで、漆喰《しっくい》に消石灰を混ぜることで湿気を寄せつけず、海のそばでも快適に暮らせるそうだ。

リュシュアンは建物に目を奪われたジゼルを抱いたまま屋敷の中に足を踏み入れ、そのまずんずんと進んでいく。その様子にジゼルは慌てて口を開いた。

「へ、陛下！　自分で歩けますから下ろしてくださいませ！」

するとリュシュアンがわずかに眉を上げて、口調よりは柔らかな声で言った。

「知らないのか？　市井では初めて家に入るときは花嫁を抱いて入るそうだぞ」

その話は聞いたことがあるが、それは普通の家庭のことではないだろうか。そもそも彼にはここ以外にも離宮はいくつかあるし、普段は王宮に住んでいるのだから、もし市井の者を真似《まね》るのなら王宮に戻ったときにするべきだ。王宮のような立派な場所を家庭や家と例えてもよいならばだが。

「陛下。重いでしょうから、とにかく下ろしてください」

「あなたひとりぐらいどうってことはない。まるで子どものように軽いぞ」

リュシュアンはジゼルの言葉に耳を貸すどころかわざと腕を上げ、ジゼルを捧《ささ》げ持《も》つようにして、花嫁を抱いたまま階段を上がっていく。

「へ、陛下！」

「暴れると落としてしまうかもしれないな。大人しくしろ」

落とすといわれて、ジゼルは慌てて両手足を小さく縮こまらせた。

「そうだ。そうやって大人しくしていろ」

リュシュアンは楽しげに笑いながら、ジゼルを高々と抱いて部屋の中に入っていき、続き部屋になっていた寝室のベッドの前までやってきて、やっと下ろしてもらうことができた。

部屋はやはり壁や天井が真っ白で、ベッドだけは白いシーツの上にターコイズブルーのカバーが掛けられ、その上には色とりどりの花びらが散らされている。リュシュアンはその上にそっとジゼルの身体を下ろした。

床は白、ブルー、グリーンの陶磁器のモザイクで複雑な模様が描かれていて、やはり所々にブルーのマットや壁掛けなどがアクセントとしてあしらわれている。

「素敵」

ジゼルは小さく呟いて、リュシュアンに向かって小さく微笑んだ。するとリュシュアンがなぜか安堵したような溜息を漏らした。

「気に入ったのならなによりだ。結婚式からずっと緊張して顔を強張《こわば》らせていたし、やっと笑う顔を見られたと思ったら夫以外の男に向けられたものだったから、てっきり俺には笑いかけるつもりがないのかと思った」

「そ、そんなつもりは。確かに緊張はしていましたが……そんなに怖い顔をしていましたか？」

「ああ、キスをしたときなど頰を引《ひ》き攣《つ》らせて、瞼《まぶた》がピクピクと震えていたぞ」

「ええっ!?」

「それに式の間中ずっとブーケを握りしめて、結婚したくないのに嫌々あの場所に来たのかとも思ったな」

「も、申し訳ございません。あんなにたくさんの人に見られるのは初めてで緊張してしまって……決して陛下が嫌いとか結婚をしたくないというわけではなかったのです」

本当はこんな形で彼と再会してしまったことに動揺していたのだ。あのとき、馬屋で働く男たちと同じような服装で供もつけず馬に乗っている人を見て、誰が王子だと思うだろう。

幸い彼はジゼルがあのときの少女だとは気づいていないようだ。

まあ当たり前だろう。あのときの自分はまだ大きな麦わら帽子を被った化粧っ気のない子どもで、姉に似せるよう化粧を施された姿とは随分違うはずだ。

しかしあのとき彼はまだ子どものような自分に口づけた。きっとお忍びで遊びに出て、戯れで子どもをからかっただけで、彼にとってはたいしたことではなかったのだ。

しかし今はそのことに感謝しなくてはいけない。彼がそのことを覚えていてはあれこれ詮索され、フランソワーズでないことに気づかれてしまっただろう。

ジゼルが思わず俯くと、リュシュアンはその手を取って白いレースの手袋を丁寧に脱がせた。そして隔てるものがなくなった両手を握りしめ、その指先に優しく口づける。

「あ……」

ビクリと肩口を揺らすジゼルに、リュシュアンは優しく微笑みかける。

「もうふたりきりだから緊張することはない。君らしく気楽にすればいい」

「……」

労《いたわ》るような言葉にジゼルは小さく頷いた。するとリュシュアンの長い指が顎にかかり、俯いていた顔を上向かされる。

「あなたは美しいな。俺がベールを捲り上げたとき、参列者があなたの美しさにざわめいていた。まるで精霊オンディーヌのようだな」

「……っ」

〝オンディーヌ〟という言葉に、ジゼルは危うく声をあげそうになった。あのとき水遊びをしていたジゼルを見て、彼は水の精霊オンディーヌではないかと尋ねたのだ。

どうやら彼は女性のことを、すぐ精霊に例えるらしい。ジゼルは思い出が色あせてしまったような気がして、気落ちしながら礼の言葉を述べた。

「ありがとうございます。陛下」

「ふたりのときはそんな堅苦しい呼び方をしなくていい」

「では……リュシュアン様とお呼びしてもよろしいですか？」

「ああ、もっと親しい人間だけの呼び方がある。エルネストは俺のことをリューと呼ぶぞ」

エルネストというのは先ほどのマルセル侯爵のことだろう。公務では主従関係に当たるが、ふたりは幼なじみで、親しく名前で呼び合うほどの仲だと姉から聞いたことがある。

「リュー……」

ジゼルは口の中でモゴモゴと呟いてみた。なるほど馬番の姿で出会った彼になら似合っている。

自分ならその呼び方の方が口にしやすいけれど、あまりにも砕けすぎていて、姉なら尻込みするだろう。フランソワーズとして振る舞うのなら控えめな方がいい。

「あの……それはあまりにも畏れ多いので、リュシュアン様ではいけませんか？」

上目遣いで問いかけると、リュシュアンは気を悪くする様子もなくあっさりと頷いた。

「君がその方が呼びやすいならかまわない。だが、俺は親しい人間にいちいちかしこまられるのは好きじゃないんだ。君が俺に早く慣れてくれると嬉しい」

「はい」

姉は当時のリュシュアンを遠見して質実剛健で少し厳しそうな印象を持ったそうだ。その他貴族たちの噂話《うわさばなし》では、なにをやらせても他の者を寄せつけないだけの実力と高潔な精神を併せ持っており、これまでひとりの女性に特別な気配りを見せるような浮いた話はないということだった。

でもこうして接してみると、言葉は少し無骨だが声音は優しく、緊張しているジゼルを気づかう言葉をかけてくれる細やかさがある。

森で会ったときはもっと少年のような無邪気さがあった気もするが、それは当時彼がまだ王太子で、今よりも身軽な身分だったからかもしれない。

「フランソワーズ」

昔のことを思い出していたジゼルは、姉の名前で呼ばれた瞬間、思い出に浸って緩んでいた気持ちを背中からどやされた気がした。

「あ」

ドキリとした瞬間、リュシュアンの手でベッドの上に仰向《あおむ》けに押し倒されていた。

ターコイズブルーのベッドカバーと花びらの上に、ジゼルの真っ白なウエディングドレスが広がる。

「フランソワーズ、やっと君とふたりきりになれた」

リュシュアンは熱っぽく呟くと、そのままジゼルのふっくらとした唇を塞いでしまった。

「ふ、んぅ……」

教会でしたキスとは違ういきなり熱を注ぎ込むような口づけは、ジゼルの中に森で口づけられたときの官能的な記憶を呼び覚ます。

ほんのひとときだが、リュシュアンと交わしたあの口づけがまだ少女だった自分に、大人の扉を開いて見せてくれた。

何度か角度を変えて口づけられているうちに、羞恥と息苦しさで頭に血が上ってしまい、顔が熱くなっていくのがわかる。

「ああ、想像していた通り柔らかくて、ずっと口づけていたくなるな」

リュシュアンはジゼルにとも自分に向けてとも言える言葉を呟いて、さらに口づけを深くした。

濡れた肉厚の舌で唇を撫《な》でられ、すでに口づけの快感を知っているジゼルは素直に唇を緩めた。

ぬるりと舌が押し込められ、熱い粘膜が口腔《こうこう》に擦りつけられる。

「……ふ……ぅ……ん、んっ……」

あのときの口づけはもうよく覚えていないけれど、大人になった今、リュシュアンはたとえ戯れでもあの時の自分に大人の女性として魅力を感じてくれていたのだとわかる。

歯列や口蓋、内頬の柔らかいところまで舌を這《は》わされ、すっかり逆上《のぼ》せてしまったジゼルは、熱い鼻息を漏らしてしまう。

「ん、ぅ……んん……ぁ……」

繰り返される口づけに呼吸がうまくできない。息苦しさに身動ぎすると、抵抗していると思われたのか、身体に重みが増し、両手でベッドの上に肩口を押しつけられた。

「フランソワーズ……ずっとこうしたかった」

ジゼルは息も絶え絶えになりながら、頭を硬いもので殴られたようなショックを受けた。

彼はフランソワーズに結婚を申し込んでからずっと、彼女を手に入れる日を待ち望んでいた。ジゼルが昔を思い出してしまう淫らな口づけとこの熱情は、ジゼルではなくフランソワーズに向けられたものなのだ。

「あぁ……」

フランソワーズの代わりに王に身を捧《ささ》げることを覚悟してきたはずなのに、思い掛けず相手がリュシュアンだったことで、すべての決意がガラガラと音を立てて崩れていくような気がした。

初恋の相手に一生別人の名前で呼ばれ続けなければいけないことが、ジゼルの心をひどく傷つけた。

泣いてはいけないとわかっているのに勝手に涙が溢れてきて、大粒の涙がポロポロと頬を転がり落ちていく。

するとリュシュアンが眉を顰《ひそ》めてジゼルを見下ろした。

「どうして泣く？　俺とのキスが気に入らないのか」

微かに首を振ると、溜《た》まっていた涙がまた頬を転がり落ちた。

「そうだな。そんな蕩《とろ》けた顔をして、気に入らなかったはずはないな」

リュシュアンは微かに頬を緩め、涙が溜まった目尻に唇を寄せ、音を立てて雫を吸いあげた。

「では初めて男に抱かれるのが怖いのか」

「そ、それは……」

尋ねられて初めて、まさかこのまま初夜を迎えることになるのかという考えに思いあたった。

まだ外は明るいし初夜というぐらいだから、夜、湯浴《ゆあ》みや着替えを済ませてからだと思っていたジゼルは突然のことに頭の中が真っ白になった。

ジゼルの考えていることはすべて顔に出ていたのだろう。リュシュアンが楽しげに喉をクツクツと鳴らした。

「まさか初夜になにをするのか知らないなんて言わないよな。俺との婚約が決まってから四年近く時間があったんだ。花嫁修業として母上から俺を骨抜きにする作法を仕込まれているのだろう?」

心の準備ができていなかったジゼルは、リュシュアンの唇がからかうように吊り上がっていることに気づかず、必死で姉の様子を思い出そうとしていた。

いつも一緒に過ごして、勉強も礼儀作法も一緒に学んできたけれど、そんな作法を勉強した記憶はない。

ジゼルの身代わりが決まったときに、フランソワーズの乳母が閨で起こることをわずかに教えてくれ、すべては男性の言う通りにすればいいと言われたのに、なにか特別な作法があるのだろうか。

伯爵にもリュシュアンの機嫌を損ねるようなことは決してしないよう言われているのに、どうしたらいいのだろう。

「も、申し訳ございません……」

ジゼルが身を竦めて謝罪を口にすると、リュシュアンが噴き出した。

「冗談に決まっているだろ。そんな困った顔をするんじゃない。無垢《むく》な花嫁にそんなことを求める男がいるはずがないだろう」

「そ、そうなのですか……？」

なぜリュシュアンが笑っているのかわからず、ジゼルはキョトンとした眼差しで男を見上げた。

「万が一そんな知識を教えられていたとして、君のような清楚《せいそ》で純真そうに見える女性があまり積極的だと萎えるだろ」

「な、萎える……？」

なにに対してのことかわからずに首を傾げると、リュシュアンは喉を鳴らしながらジゼルの頭を撫でた。

「追々覚えていけばいいことだ。それにしてもあれから四年も経《た》っているというのに、君は昔と変わらず、少女のような初々しさがあるな」

彼の口調は悪い意味ではなく、むしろ喜んでいるように聞こえた。

リュシュアンがフランソワーズを見初めたのは、彼女が十六歳のときだ。今のフランソワーズは臈《ろう》長《た》けた大人の女性だが、彼の記憶が昔のフランソワーズを思い出しているのなら、確かにまだ少女の面影が残っていただろう。

「どちらにしても俺好みだと言っているんだから、喜んでおけ。今夜は……優しく抱いてやるから」

リュシュアンはそう言うと、泣いたせいで赤くなったジゼルの目尻に唇を押しつけた。優しくあやすような仕草に、ジゼルの鼓動がまた速くなる。

こんなことばかり言われていたら、本当にリュシュアンに見初められて結婚を申し込まれたのは自分のような気持ちになってしまうが、彼はフランソワーズに対して言っているのだ。

「も、もぉおからかいになるのはおやめください」

ジゼルは強くリュシュアンの胸を押し、その身体の下から抜け出そうと起き上がる。彼の言葉で火照ってしまった顔が恥ずかしくてたまらなかった。

「おい、どこへ行くんだ」

「人を呼ぼうかと。じ、侍女がいませんとドレスを脱ぐことができませんので」

そんなことを口にするのははしたないような気がして背を向けると、背後から抱きすくめられてしまった。

「あ……っ」

「そうか、服を脱がなくてはいけないのは知っているんだな」

笑いを含んだ声に、また彼がからかっているのだとわかる。背中から伝わってくる体温にドキドキしていると、リュシュアンは信じられないことをさらりと口にした。

「こういうときは夫に脱がせてもらうものだ」

「……え?」

瑠璃色の瞳を見開きギョッとして首を回すと、リュシュアンは振り向きざまにジゼルの唇にチュッと音を立ててキスをした。

「まずはこれだ」

リュシュアンはヘッドドレスに手をかけると丁寧にピンを外し、真珠が重たげにちりばめられたそれをベッドの端に放り投げ、自身も白いジャケットを脱ぎ捨てた。

「後ろを向いて」

肩を押されて再び背を向けると、男の指が背中のボタンをひとつずつ外す気配がする。もしかしてこうして一枚一枚手ずから脱がせるつもりなのだろうか。

当たり前だが、これまで女性以外に衣服の脱ぎ着を手伝ってもらったことはない。というか、つい気安い口調で話すから忘れてしまいそうになるが、彼は一国の王で、女性に傅《かしず》いていい人ではない。

「あの、リュシュアン様、おやめになってください。こんな畏れ多い……それに男性に脱がせていただくなんて……恥ずかしいです」

そう、畏れ多いよりなにより彼にこうしてドレスを脱がされることがなにより恥ずかしいのだ。リュシュアンはそんなジゼルの気持ちに気づかないのか、それとも気づいているからこそなのか、手を休めず背中のボタンをすべて外してしまった。

「ひとりで脱げないから手伝っているのだろう。我《わ》が儘《まま》を言うんじゃない」

リュシュアンはそう言いながらジゼルの肩から袖を引き抜き、腰に結ばれていたパニエの紐《ひも》をほどく。

「ほら、おいで」

両脇からウエストに巻き付いた手が、重なり合ったドレスとパニエの中からジゼルの身体を引っぱり出し、開いた足の間に座らせてしまった。

「きゃっ」

コルセットとドロワーズ、太股《ふともも》に巻き付いた靴下留めが剝《む》き出《だ》しにされて、ジゼルは悲鳴をあげながら足を縮め、両手で身体を覆った。これでは裸でいるのと変わらない。

「そんなに恥ずかしがらなくてもとても綺麗だ」

隠すことができない項に唇が押しつけられて、その熱さにジゼルの唇から情けない声が漏れた。

「ひぁっ！」

「ここが感じるのか?」

リュシュアンは呟きながら確かめるように、項から肩、背中へと熱い唇を滑らせていく。そのたびに唇の熱さと彼の吐く息を感じて擽ったくてたまらない。

「いい匂いがする」

「あっ、ン……そ、そんなところで喋《しゃべ》らないでください」

「どうして?」

「い、息が触れて……んっ……く、擽ったいのです」

「なるほど。フランソワーズは項と背中が弱いんだな。覚えておこう」

「ち、違います……あっ」

きつく締め上げられていたはずの胸元がふわりと緩み、コルセットがずり下がって胸の膨らみがあらわになる。いつの間にかリュシュアンがコルセットの紐をほどいてしまったらしい。

コルセットはジゼルが抵抗する間もなく外され、ベッドの下へ放り投げられた。

あまりの手際の良さに、彼は馬番のふりをする以外に、女性専属の小間使いでもしていたのではないかと疑いそうになる。

「なんともそそられる姿だな」

「み、見ないで……」

ジゼルは男に背を向けて小さく身体を震わせた。

今やジゼルに残されているのはドロワーズと靴下だけという心許ないことこの上ない姿なのに、リュシュアンの声には喜色が滲んでいる。

子どもの頃から姉やその乳母、メイド、人の手にかかって着替えをすることなど幾度となくあって、それを恥ずかしいと感じたことはない。

でもいまリュシュアンの手にかかったジゼルの身体は羞恥のために火照り、自分の身体なのに思うように動かないのだ。

「ほら、身体の力を抜くんだ」

身体を引き寄せられて、剝き出しになった背中に男の広い胸が押しつけられる。シャツ越しにリュシュアンのゴツゴツとした胸板を感じて、ジゼルの鼓動が一段と速くなった。

「大丈夫だ。無垢な女性にひどいことなどしないから」

するりと脇から手が滑り込み、下から掬《すく》い上《あ》げるように柔らかな乳房が男の手に包まれる。

「……やぁ……ん……」

ジゼルのものより長く筋張った指が柔肉に沈み、揉《も》みしだかれる。

「あ……はぁ……」

指の間からぷっくりと膨らんだ乳首が顔を出し、それを指がギュッと挟み込む。

「んぅっ」

「触れてもいないのにもう乳首が勃ってるじゃないか。まだ乙女のくせにいやらしい身体だ。女の身体は感じるとここが硬く勃ち上がるんだ」

「し、知らな……っ」

ふるふると頭を振ると、ジゼルの華奢な身体がさらに引き寄せられ、長い指が膨らんだ薄桃色の突起を捏《こ》ね回《まわ》し始めた。

「あ、やぁ……んんっ……あぁ……」

リュシュアンの指が動くたびに、ビクビクと身体が引き攣って、唇からおかしな声が漏れてしまう。

「ほら、どんどん硬くなるじゃないか」

「はぁ……ん、いやぁ……っ」

胸の先がジンと痺《しび》れて、なぜか足の間が疼《うず》く。無意識に肩口が揺れて、淫らに腰をくねらせてしまう。

「カワイイ声だ。もっと聞かせてくれ」

無防備な耳朶《じだ》に熱い唇が押しつけられ、濡れた舌先が耳殻を擽る。ヌルリとした刺激が怖くて身を起こそうとしたけれど、逆に胸を摑まれ強い力で引き戻されてしまった。

ピチャピチャと尖《とが》らせた舌で耳孔を犯され、指先でクリクリと乳首を捏《こ》ねくり回わされる刺激に、ジゼルは大きく背を仰《の》け反《ぞ》らせてしまう。

「あぁ……や、これ、いやぁ……ん……」

「嫌なはずがないだろ。こんなに硬くしていやらしい声をあげているくせに」

キュッと尖端《せんたん》を捻《ひね》り上げられ、ジゼルは男の膝の上で大きく身体を戦慄《わなな》かせた。

「やぁ……ッ……」

「乳首をこうされるのが好きみたいだな。今君の耳を舐《な》めているみたいに乳首を舐めたら、どんな反応をするのかな」

「……っ」

まだ男女のそれを知らないジゼルには、それがとても恐ろしいものに聞こえてふるふると頭を振ってしまう。

「そう？　じゃあこっちにしよう」

リュシュアンは楽しげに呟くと、太股の半ばに巻き付いていた靴下留めのゴムをパチンと音がするほど強く指で弾いた。

「きゃっ」

「痛い？」

それは気づかうような声音ではなく、ジゼルが悲鳴をあげるのを楽しんでいるように聞こえる。わずかに首を振ると、リュシュアンはジゼルを膝の上に乗せたまま器用に両足の靴下留めを外し、靴下を脱がせていく。

ただそれだけのことなのに、リュシュアンが靴下留めのベルトを外すときや靴下を引きずり下ろすときにわずかに触れる指が擽ったくて仕方ない。

「これで君の魅力的な足がよく見えるようになったぞ」

リュシュアンが赤面してしまうような言葉を囁きながら靴下を床に放り投げたとき、やっと擽ったさから解放されるのだとほっとしてしまった。

「フランソワーズ」

甘い吐息のような声がして、肩口に顔を埋められる。

その甘美な囁きと、その声が呼んだのが自分でなかったことに二重のショックを感じたジゼルは、ビクリと肩口を揺らして身体を縮こまらせた。

「そんなに怯《おび》えなくても大丈夫だ。優しくしてやると言っただろう」

リュシュアンは恐怖のためにジゼルが身体を震わせていると思っているようで、再び優しく耳朶や髪に口づけてくる。

「いきなり襲いかかったりなどしない。ちゃんと馴《な》らしてたっぷり蕩かせてから挿れてやるから力を抜け」

それがどんなことなのか想像できないジゼルはただ小さく頷くしかない。

リュシュアンの指が、フリルがたくさん縫い付けられたドロワーズの紐をほどく。しゅるりと衣擦《きぬず》れの音がして、そこから腹部を撫でるようにして大きな手が滑り込んだ。

指先が薄い恥毛に触れ、さわさわとその場所を撫でる。ジゼルはその奥へ進ませないようにギュッと膝を擦り合わせてしまう。

「こら。力を入れるんじゃない。足を開くんだ」

男の囁きに頭を左右に振る。その奥は自分でもわかるほどなにかヌルヌルしたもので濡れた違和感があって、ジゼルはそれを彼に知られたくなかったのだ。

「ふーん……じゃあこうだ」

「きゃあっ」

左の足裏に手を回され、片足を大きく抱え上げられる。右足はリュシュアンの立て膝が覆《おお》い被《かぶ》さってきて、結果大きく足を開かされる格好になってしまう。

「惜しいな。下着を脱がせてからなら君の濡れた場所がよく見えたのに」

「……っ！」

今の言葉は、ジゼルが恥ずかしい場所を濡らしていることを知っていたということだ。そしてそれはジゼルにとって恥辱なのに、彼にとっては楽しいことらしい。

「あ……」

恥毛のさらに奥、自分ではどんな場所かもわからない未開の部分に指が滑らされ、足の間をぬるりと指が撫でた。

「ああ、まだここは開いていないな。だが、ちゃんと濡れてきているぞ」

確かに指に粘着質な液体がまとわりついて、ぬるぬると動くのがわかる。

「自分でも濡れてきたのがわかるだろう？　これはあなたの身体が俺を受け入れるために溢れさせている蜜だ。ここをぐちゃぐちゃになるまで馴らしたら雄を受け入れられるようになるんだ」

リュシュアンの口調は子どもに勉強を手ほどきする教師のようだが、手の動きは淫らで、固く閉じていたはずの秘処を揉みほぐしていく。

「ああ、どんどん溢れてくる。もう指が……挿りそうだ」

ぬるんと指が滑らされ、閉じていた淫唇の中に指先がわずかに潜り込む。

「ひ、あ……っ……」

微かに身体を引き攣らせると、リュシュアンがグッと背中を押しつけてきた。

「怖がらなくていい。痛くないだろう?」

痛くはないけれど、触られている場所がムズムズして変な感じだ。

「指を挿れるから感じてみろ」

ねっとりと絡みつくような感触とともに、濡れた襞《ひだ》を割って異物が侵入してくる。

「……あぁ……っ」

痛みはないのに、初めての体感に無意識に腰を引くと、なにか硬いものにお尻を押しつけてしまう。

「あ……」

ジゼルの微かな声に応えるように、硬いものをゴリゴリと押しつけられ、それがリュシュアンの欲望だと気づく。彼も自分に触れながら、自身を高ぶらせてくれているのだろうか。

「わかるか? これを君のここに……挿れるんだ」

リュシュアンは囁きながら骨張った指を抽挿させ、濡れた襞を擦りあげる。

「……や……あぁ……っ」

指が動くたびにクチュッと粘着質な音がして、指が触れていないはずの下腹部の中心が疼いてしまう。

「やはり狭いな。まだ指だけなのにぎゅうぎゅうだ」

ぐるりと胎内《なか》を広げるように手首を回されて、ジゼルは腰を大きく跳ね上げた。

「やぁン……！」

「いい反応だ。見た目はまだ少女だが、身体は愛される女の身体になっているな」

「いや……、そんなこと、おっしゃらないで、ください……っ」

先ほどから囁かれている言葉がいやらしいことだと少しずつ理解できてきて、恥ずかしくてたまらない。

言葉にも身体が震えてしまって、まるで耳の中を言葉で犯されているみたいだ。

「嫌じゃないだろ？　俺がなにか言うたびにここがキュウッと締まって指に食いついてくるぞ。あなたは言葉で責められるのも好きらしい」

リュシュアンはクックツと喉を鳴らすと、左手で抱えていた太股をさらにグッと引き上げた。次の瞬間膣洞を襲った圧迫感に、ジゼルは嬌声《きょうせい》をあげた。

「やぁ……ン」

「ほら、もう二本も飲み込んだ。もっと欲しいって涎《よだれ》を垂らしているみたいだぞ。なんていやらしい王妃様だ」

足を大きく開かされたまま胎内に指をねじ込まれ、逃げることもできず身体を大きく仰け反らせた。

「あぁ……、いや……それ、あ……いやぁ……っ」

骨張った指で狭窄《きょうさく》した膣洞を引き伸ばされ、慣れない刺激に腰が浮き上がってしまう。卑猥《ひわい》な水音が大きくなり耳を塞ぎたいと思うのに、身悶《みもだ》えるジゼルにその余裕はない。疼痛《とうつう》にも似た甘い刺激に、いやらしく腰をくねらせることしかできなかった。

「ん……あぁ……、やぁ……は……ん……」

「その声……たまらないな」

リュシュアンは掠れた声で囁くと、背後からさらに硬いものをぐりぐりと押しつけてくる。

「はぁ……や、もぉ……あ、あぁ……」

最初は痛みにも似ていた刺激が少しずつ愉悦に変わり、無意識に腰が指の動きを追うように揺れる。頭の中が真っ白になってなにも考えられない。

このままこの快感に溺れたら自分はどうなってしまうのだろう。じんじんと痺れる頭の隅でそんなことを考えたときだった。

胎内に沈められていた指がずるりと引き抜かれ、喪失感で背筋にぞわりとしたものが駆け抜けた。

「ふぁっン！」

「随分濡れてきたようだな。見せてみろ」

リュシュアンの言葉とともに視界が反転して、シーツの上に仰向けに寝転がされる。いやらしい蜜で濡れ始めたドロワーズが素早く足から引き抜かれた。

「や……っ」

足を大きく広げられ、その間にリュシュアンの顔が近付いていくのを見て、ジゼルは慌ててシーツを蹴った。

触られるのも恥ずかしかったけれど、顔を近付けて覗き込まれるなんてとんでもないことだ。しかし足首を掴まれ動きを制されてしまう。

「暴れるんじゃない。あなたはもう俺の妻だ。妻は夫の言うことを聞くべきだと教わらなかったのか」

もちろん良家の娘なら結婚に備えてそう言い聞かされている。ジゼルにはそれを教える実母がいなかった代わりに、フランソワーズや家庭教師が何度もそれを口にしていたから、それぐらいの自覚は持っていた。

しかし妻というのはこんな恥ずかしいことにまで耐えなければいけないのだろうか。

納得のいかないまま大人しくなったジゼルの足の間に、再びリュシュアンの顔が近付く。

「……っ」

恥ずかしさに唇を噛《か》むジゼルの思いとは逆に、リュシュアンの唇からは楽しげな言葉が漏れる。

「ああ、すっかり蕩けているな。もう俺が広げてやらなくても小さな口が開いているぞ」

恥ずかしい。そう思うだけで下肢がヒクヒクと震えてしまう。

「わかるか？　見ているだけなのに、女陰がいやらしく震えて……こんなに蜜を垂らして」

リュシュアンの長い指が蜜口を撫でて、足の間から伸ばされた濡れた指先を見せつけられる。ジゼルは感極まって両手で顔を覆った。

「も、もぉお許しください……恥ずかしくて死んでしまいます……」

「ははは。これぐらいで死なれては困るな。これからもっとあなたの身体を探索させてもらうのに」

まるでジゼルが面白いことでも言ったかのように、リュシュアンの口から楽しげな笑い声が上がった。

ジゼルはその笑い声を耳にして、これ以上の羞恥があるのかと恐ろしさに身体を震わせる。思わず恐怖から足をバタつかせると足首を摑まれ、そのまま精悍な身体に覆い被さられてしまった。

「あ……っ」

「暴れるな。大人しくできないのなら縛りつけるぞ」

「で、でも……こ、怖くて……」

涙目で訴えるジゼルの言葉を封じるように、キスで唇を塞がれてしまう。

「んふぅ……」

すぐにお互いの唾液が混じり合い、ジゼルの緊張で震える舌にリュシュアンのそれが擦りつけられる。ジンとした痺れが舌の付け根にまで広がって、ジゼルは白い喉を仰け反らせた。

「は……んぅ……」

「さっきまで俺に触れられていたときのことを思い出せ。ここに指を挿れたら嬉しそうに腰を振っていたぞ」

閉じた足の間に指を這わされ、染み出していた蜜を潤滑油に割れ目を指が何度も往復する。

ジゼルが恥ずかしさにイヤイヤと首を振ると、唇が首筋や鎖骨へと滑らされ、先ほど指で散々嬲《なぶ》られた乳首を咥《くわ》え込んでしまった。

「ひぁっ」

ねっとりとした舌がツンと立ち上がっていた乳首の側面に擦りつけられ、疼くような刺激にジゼルは栗色の髪を揺らして身悶える。

ジゼルの敏感な反応に喜んだのか、リュシュアンは尖端を強く吸いあげ、それから舌先でキャンディーのように舐め転がす。

「あ、は……ん……やぁ……っ」

反対側の乳首も同じように舐めしゃぶられ、そのたびに白いシーツの上で身体が陸に打ち上げられた魚のようにビクビクと跳ねた。

舌が汗ばんだ肌に這わされ、それがどこを目指しているのか気づいたジゼルは慌てて男の頭を押して身を捩《よじ》る。

「や、舐め……ちゃ……んぅ……」

ペロリと腹部のくぼみを舐められて、細腰がビクリと震える。

「あなたの肌は甘いな」

リュシュアンはそう言って、再び子猫のようにジゼルのへその孔を舐めた。

湯浴みもせずに抱かれて、慣れない愛撫《あいぶ》ですっかり汗ばんでしまった肌が甘いはずがない。

素肌に触れる舌や唇は、先ほどキスをしたときよりもひどく熱い。口づけられた場所から火を付けられたように身体が火照って、熱くてたまらなかった。

胸からお腹、へその孔まで舌を這わされ、唇が足の間にたどり着く頃には、すでにジゼルの身体は男の舌で蕩けきっていた。

長い指が再び下肢に触れ、重なり合った花びらを開く。まだ未熟な包皮の奥に隠れている陰核を指先で押し出され、強い痛みにも似た刺激にジゼルは悲鳴をあげた。

「あ、や……リュシュ、アンさま……そこ、いじっちゃ……やぁ……」

「そうか、ここがいいんだな」

　ジゼルの言葉とは反対の意味の返事が返ってきて、濡れた指先がクリクリと小さな粒を嬲る。

「あ、あ、あぁ……いやぁ……ん……」

　唇からは自分でも信じられないぐらい甘い声が漏れて、恥ずかしいことすら忘れてしまいそうになる。フランソワーズならこんなときもっと慎ましやかに振る舞うことができるはずなのに、自分はすっかり愉悦に溺れてしまっている。

「カワイイ。舐めてやるからもっと啼《な》いて見せろ」

「や、そん、な……っ」

　ジゼルがそう口にした次の瞬間、濡れそぼった花弁にリュシュアンの熱い舌が触れた。

「ひ……んっ！」

　いきなり濡れた舌で陰核を擽られ、ジゼルの小さな足がシーツを蹴る。強い刺激から逃れようともがくけれど、逆に腰を引き寄せられて、淫唇ごと熱い口腔の中に咥え込まれてしまった。

「や……もぉ、や……、やめ、て……」

「どうして？　こんなに赤く充血して、蜜壺《みつつぼ》も舌が入りそうなぐらい開いているじゃないか。俺はいつまででも舐めていられるぞ」

「やぁ……っ……、ぁ……あぁ……ッ」

リュシュアンは言葉の通り、精悍な唇に淫らな雫をまとわりつかせながら、ジゼルの淫唇を舐めしゃぶる。

「……ひぁ……っ、んふ……ぅ……」

鼻から熱い息が漏れ、腰から這《は》い上《あ》がってきた痺れがジゼルの全身を支配して蕩けさせた。恥ずかしくて怖いのは先ほどと変わらない。しかし一方でもっとなにも考えられなくなるまで触れて欲しいという気持ちもあって、自分の中のそんな浅ましい気持ちが憎らしくてたまらなかった。

それに身体の奥で熱い塊がぐずぐずと燻《くすぶ》っていて、どうすれば楽になるのかわからない。するとと足の間から顔を上げたリュシュアンが苦しげなジゼルの顔を見上げて言った。

「ああ、その顔はもう達してしまいそうだな」

なんのことを言われているのかわからないが、本能的にこの苦しいほどの身体の疼きを楽にしてくれるのは彼だと悟った。

「はぁっ……ン」

ジゼルの唇から漏れた甘い吐息に、リュシュアンは濡れた唇に苦笑いを浮かべる。

「そんなに物欲しそうな顔をするな。我を忘れて襲いかかってしまいそうになる」

ドキリとしてリュシュアンを見つめると、彼は笑みを浮かべた唇のまま再びジゼルの下肢に顔を埋めた。

先ほど指と舌で嬲られた感じやすい粒を、熱い唇でついばむようにチュウッと吸いあげられ、ジゼルの身体に痺れるような快感が駆け抜けた。

「あ……っ、それ、だめ……ッ‼」

明らかに今まで感じていた刺激とは違う強い愉悦に、ジゼルの中で快感と不安が混ざり合って、どうしていいのかわからない。

リュシュアンの口淫で勝手に身体を高ぶらされて、足がガクガクと震えてしまい甘い痺れが身体だけでなくジゼルの思考まで支配してしまう。

「ん、んぅ……いや、それ……しない、で……ぇ……っ」

このままではおかしくなってしまう。なんとかこの甘い地獄から逃げ出そうと身動ぎしたが、太い腕に腰を抱え込まれて、どうすることもできなかった。

痛いぐらい張りつめた陰核を舌先で押しつぶされ、ジゼルは堪えきれずに高い声を上げて初めて快感の頂点に達してしてしまった。

「あぁっ、あ、あ、あぁ……っ」

四肢が引き攣り、腰を跳ね上げるようにしてビクビクと痙攣《けいれん》する。一瞬頭の中が真っ白になったあと、今度は身体が深く暗いところへ落ちていくような感覚に、ジゼルは背筋をブルリと震わせた。

全身の力がどっと抜け落ちて、先ほどまで不自然なほど引き攣っていた手足には力が入らない。

リュシュアンはしどけなくシーツの上に横たわるジゼルの頬に口づけると、ゆっくりと身体を起こした。

「もう挿れても大丈夫そうだな」

なにを？　そう尋ねなくてもそれは先ほどからお尻や太股で時折感じていたリュシュアンの男根だ。その大きさを思い出して、ジゼルは無意識にふるふると首を横に振った。

「や、無理……」

「つれないことを言うな。俺は君に触れているだけで……こんなになっているというのに」

ジゼルの目の前で、リュシュアンが見せつけるように着ていたものを脱ぎすてていく。男性の裸を見つめるなどはしたないと思っているのに、逞しく隆起した胸や二の腕、思いの外白い素肌から目を離すことができない。

やがて下着も脱ぎすててしまい、リュシュアンのそそり立った雄芯があらわになった。

「あ……」

初めて見るそれは、異形の塊であまり好ましくは思えない。堅強だが王族らしい優雅さも併せ持つリュシュアンの身体の一部にこんな場所があるのが不思議だった。

「随分とじっくり見ているが気に入ったのか？」

からかうように言われ、ジゼルは慌てて視線をそらした。育ちのいい女性なら恥じらって目を伏せなければいけない。今フランソワーズの代わりである自分はもっと淑女らしく振る舞わなければいけなかったのだ。

「なぜ目をそらす。これからこれであなたを愛するのだから、恥ずかしがる必要はない」

リュシュアンはそう言うとジゼルの手を取って、硬く滾《たぎ》った雄に細い指を絡ませた。

「……っ」

触れた瞬間、雄芯が手の中で小さくピクリと脈打った。

「男は愛する女性に欲望を感じるとこうなるんだ」

自身の指とジゼルの指を重ね合わせながら隆起するそれを擦るとリュシュアンの唇から切なげな吐息漏れる。

「……はぁ……っ」

彼も自分と同じように、誰かに触れられると自分で触れたときとは違う不思議な感覚を味わっているのだろうか。そう思いながらリュシュアンの顔を見つめていると、熱情を浮かべた緑の瞳と視線が絡みつく。

「……あなたを愛してもいいか」

熱っぽい囁きに、ジゼルは小さく頷いた。これが今日会ったばかりの見知らぬ男性であったのなら、もっと怯えていただろう。

しかしリュシュアンはジゼルにとっては初恋の相手で、四年前の姿のままとはいえ、ずっと心の片隅に住んでいた人だ。残念ながら彼はジゼルのことを覚えていないが、それでも見知らぬ男性に抱かれるより、何十倍もいい。

なんの知識もないまま姉の身代わりになる覚悟をしていたが、果たして彼以外の男性にこんなにも淫らな行為を許すことができたかと自問すると、自信がない。

こんなときなのに考え込んでいたのを緊張していると思われたのか、リュシュアンが一際優しい声で囁いた。

「怖がらなくていい。身体に力が入っている方が痛いと聞くから、気持ちを楽にして」

ジゼルの足の間に身体を滑り込ませたリュシュアンが顔にかかった栗色の髪を払い、白い額に唇を押しつける。その仕草だけで、ジゼルは胸がキュッと締めつけられるような気がした。

　いやらしく蜜をたたえた花弁に、先ほどよりも硬度を増した雄芯が擦りつけられる。リュシュアンが腰を動かすたびに膣孔から溢れた蜜が赤く滾った肉棒に絡みついていく。

「ん……ぁ……」

　口淫で敏感になった肉粒も雄芯で擦られ、ジゼルの唇から自然と甘ったるい声が漏れてしまう。

「いいぞ。そうして感じていろ」

　呟きとともにさらに足を大きく広げられ、無防備な蜜口に硬い切っ先が押しつけられた。

「あ……」

　ぬぷりと尖端が沈みこむ感触に、ジゼルの唇から小さな声が漏れる。

「大丈夫。息を吐くんだ」

　言われた通り息を吐くと、めりめりと音がしそうな勢いで肉棒が隘路《あいろ》を押し広げる。

「ひ……ぁ……」

　強い痛みにシーツを蹴って腰を引こうとするけれど、太股を抱えられているせいでつま先が宙を掻《か》き、自分から腰を揺すり上げるような仕草になってしまう。

「慌てるな。あまり急いであなたを傷つけたくない。ちゃんと奥まで挿れてやるから大人しくしていろ」

痛みに反応しているだけなのに、まるでジゼルが早く欲しいとせがんでいるような口ぶりだ。身体を押さえ付けるように体重がかかり、ゆっくりと、だが確実に男根がジゼルの中にねじ込まれていく。

「はぁ……ぁ……っ」

話に聞いていたので多少の痛みは覚悟していたが、想像していたものとはまったく違っていた。

考えてみれば、ジゼルとリュシュアンの絡めた指よりも太いそれが挿ってくるのだから、痛みがないはずがない。本当はもう嫌だと叫んで泣き出したかったが、こんなときなのに姉の顔を思い出してしまい、彼女なら泣き叫んだりしないと思い必死で唇を噛んだ。

「……っ、く……はぁ……」

「そうだ……上手だ」

ジゼルはなにもしていない。ただ痛みを堪えているだけなのに、リュシュアンは耳元で甘い言葉を囁いてくれる。なにより彼の方が息遣いも荒く苦しそうに聞こえて、少しでも楽になって欲しくて自分からその首に腕を回した。

「……フランソワーズ……」

吐き出すような苦しげな声で姉の名前を呼ばれて、ジゼルは頭の中が真っ白になった。リュシュアンは今、四年前に一目惚れをしたフランソワーズを抱いているのだ。そう、きっと愛するフランソワーズだからこそこんなにも大切にことを進めようとしている。

ショックのあまりジゼルの四肢から力が抜け落ちる。わずかに緊張が緩んだその隙に、膣洞の最奥にリュシュアンの雄が深々と沈められていた。

「はぁ……ん……」

ギュッと強く抱きしめられて、身代わりとして処女を捧げた胸の痛みよりも抱擁の心地よさが勝り、ジゼルの唇から甘い吐息が溢れた。

リュシュアンもジゼルを抱いたまま耳元で荒い呼吸を繰り返す。ジゼルのためによほど我慢をしてくれていたらしい。

「大丈夫か？」

柔らかな胸を押しつぶすように抱き合ったまま、リュシュアンが労るように尋ねてくる。まだズクズクと鈍い痛みはあるけれど、抱き合っていればその痛みも我慢できる。

これが結婚式の前に乳母に教えられた、お互いの身体を夫婦として繫《つな》げる行為だと今ならわかる。身体の最奥でリュシュアンの肉棒が脈打っていて、触れあっている場所が熱くてたまらない。

隘路は想像していたよりもみっちりと雄芯で埋め尽くされていて、これ以上は押し込むどころか引き抜くのも無理そうだ。

そのときリュシュアンがわずかに身じろぎして、大きな塊がゴリッと深いところを抉《えぐ》る刺激にジゼルは悲鳴を上げた。

「ひぁ……やぁ、動いちゃ……っ」

ジゼルはこれ以上リュシュアンが動かないように、とっさに彼の肩口にギュッとしがみつく。

「すまない。そんなに痛いのか」

ジゼルはリュシュアンの首筋に顔を埋めたままガクガクと頷いた。

「ではしばらくこうしていよう。ほら、せめて顔を見せてくれ」

刺激がないよう恐る恐る腕を緩めると、リュシュアンも慎重に顔を上げ鼻先が触れあうほど近くで見つめ合う。

「口づけても?」

こくんと頷くと、ジゼルの震える唇にゆっくりとリュシュアンのそれが重なった。

激しい口づけのせいですっかり赤く腫れ上がった唇を優しく吸われ、下唇を甘嚙《あまが》みされる。

何度もやんわりと唇を吸われ、その甘い仕草にうっとりしながらも、激しいキスの後では少し物足りなさを感じてしまう。

「ん、んぅ……は……」

もっと先ほどまでのキスのように激しく乱して欲しい。ジゼルは思わず自分から口を大きく開けてリュシュアンの舌を迎え入れた。

すぐに熱い舌が絡みついてきて、口腔を何度も舌でかき回しながら溢れてくる唾液を啜り上げられる。

「ん……んんぅ……ふ……ぁ……」

淫らなキスに夢中になっているとわずかに腰が押し回されたが、ジゼルは声を上げなかった。痛みよりも雄芯の熱が心地よかったからだ。

緩やかに根気よく膣洞を押し広げられ、その動きが少しずつジゼルの官能に火をつける。

「ん……んぁ……はぁン」

下肢に加えられるもどかしいぐらいの甘い刺激に吐息を漏らすと、リュシュアンが小さな溜息を漏らした。

「少し楽になったか？　あなたの中が蜜で潤ってきたぞ」

そう言ってリュシュアンが少しだけ腰を揺らすと、ふたりの間からクチュッと微かな水音がした。蕩けてしまいそうな口づけを繰り返しているうちにすっかり身体の緊張が解けたらしい。

「や……」

「恥ずかしいことじゃない。女の胎内は敏感だから無理にしたら傷をつけてしまう。本能的に身を守るためにも濡れるのが当然なんだ」

リュシュアンはそう言ってジゼルの頭を撫でたが、たとえそうだとしても恥ずかしいのは変わらない。

「ほら、少しずつ馴染《なじ》んできた。あなたが俺を受け入れてくれている証だ」

ゆるゆると腰を押し回され、先ほど指で愛撫されたときのような甘い愉悦が湧き上がってくる。

「……はぁ……っ……」

ジゼルの唇から漏れた悩ましげな溜息に、リュシュアンの唇が満足げに緩む。

「感じているのか？　悩ましい声を出すじゃないか」

そう言ってさらに腰を大きく揺らし、ジゼルの胎内からズルリと雄芯を引き抜いた。

「ひぁっ……ン」

腰からぞわりとするような快感が這い上がってきて、痛みより新しい刺激の方が勝ってしまう。内壁が勝手に震えて、出ていこうとする肉棒をキュッと締めつけてしまうのだ。

「そうだ。上手にできているぞ」

幼子を褒めるような口調で囁きながら、雄芯が隘路へと押し戻されて、ジゼルは甘い吐息を漏らす。

「はぁ……んっ」

先ほどまでは痛くてたまらなかったのに、今身体を支配しているのは膣壁を滾った雄で擦り上げられる快感だった。

「少し動くから、我慢できなくなったら言え」

リュシュアンが掠れた声で囁いたけれど、指で蜜壺を愛撫されていたときとは違う愉悦に、すぐに頷くことができなかった。

しかしリュシュアンはそのまま勢いよく雄を引き抜くと、先ほどよりも早く、そして荒々しくジゼルの胎内に押し戻してきた。

「ひ……ぁっン！」

お腹の奥にキュンとした甘い痺れが走って、内壁が雄芯に絡みつくようにヒクヒクと震えてしまう。

リュシュアンはジゼルの震える白い喉に顔を埋めると、乱暴に腰を振り始めた。

「あぁ……あっ、や……あぁ……」

どくどくと脈打つ肉棒がジゼルの狭隘な膣壁を押し広げ、陰唇を巻き込むよう何度も抜き差しされる。強い刺激にジゼルはほっそりとした足を引き攣らせ身悶えた。

気づくとさっきまで怖くてたまらなかった行為に夢中になっていて、口淫をされたときに味わった身体が浮き上がるような快感をもう一度味わいたいと思ってしまう。

「あ、あぁ……っ、んぅ……はぁ……ん……っ」

リュシュアンは淫らに喘《あえ》ぎ始めたジゼルの両足を抱え上げると身体を折り曲げるように押しつけ、さらに激しく腰を振りたくる。

「ひぁ……や、あぁ……あ、あぁ……」

先ほどまでは声を上げることが恥ずかしくてたまらなかったのに、今は甘い嬌声を止めることなど考えられなくなっていた。

「ああ、フランソワーズ……あなたの胎内はなんて素晴らしいんだ……」

リュシュアンが掠れた声で囁いた言葉もどこか遠くに聞こえる。

ジゼルの意識は抜き差しを繰り返す雄芯の動きに支配され、思考はドロドロに蕩けてなにも考えられない。

もうこの行為をやめたいのか、それとももっと続けて欲しいのかもわからなくなっていた。

「やぁッ‼」

グッと深いところを突き上げられて、今までよりも強い刺激にジゼルの唇から悲鳴にも似た嬌声が漏れた。

「いや……そこ、あぁ……きら、い……っ……」

初めて感じる強い愉悦に身体が震え、膣洞がギュッと雄芯を締めつけてしまう。

「くっ……ここがいいんだな。俺に食いついて……離そうとしないじゃないか」

リュシュアンの声も苦しげで息が乱れていた。

「ちが……あぁ……っ……」

栗色の髪を乱して首を振ったけれど、リュシュアンはそれに応えず高い声をあげて感じてしまったところばかり突き上げる。

「や……だめ……あぁっ、やめ、て……んんぅ……はぁ……っ」

ぐちゅぐちゅといやらしい音とともに深いところを何度も突き上げられて、身体の中で大きな熱が渦巻く。

「やぁ……こわ、い……んぅ……やめてぇ……っ」

身体中が淫らに疼いて、リュシュアンが繰り返す腰の動きに支配されてしまっている。思考は泥水の中に沈んでしまったように濁り、次第に自分がなにを言いたいのかもわからなくなっていた。

頭が朦朧《もうろう》としてこのまま意識を手放してしまいたいのに、リュシュアンの激しい抽送がそれを許してくれなかった。

優しくすると言った約束など忘れられ、リュシュアンは欲望のままジゼルの胎内で腰を振りたくる。

「ふぅ、んんぅ……あ、あ、あぁ……っ！」

身体の奥で熱い飛沫が放たれる刺激に、ジゼルも高い喜悦の声を上げた。

ドッと汗が噴き出し、四肢からすべての力が抜け落ちてしまい、リュシュアンの首に回されていたジゼルの腕がずるりと滑り落ちる。

「はぁっ……はぁっ……」

強すぎる快感に涙を流しながら呼吸を荒らげるジゼルの唇に、リュシュアンの唇が押しつけられる。

「よく頑張ったな、フランソワーズ」

甘ったるい声に胸がキュンと痺れて痛い。どうして彼が口にするのは自分の名前ではないのだろう。

これがジゼルの甘く苦しい日々の始まりだった。

4　疑惑

すうすうと子どものように穏やかな寝息を立てる新妻の様子に、リュシュアンは頬を緩ませた。

愛らしい顔の周りに栗色の髪をまとわりつかせて眠る姿は、間違いなく少女の頃に自分が一目見て恋に落ちた娘だ。

それなのに先ほどエルネストが持ってきた情報は、彼女のことを知らない人間なら疑いしか抱かせないようなものだった。

リュシュアンは妻の顔にかかった髪を払いのけてやりながら、エルネストの言葉を思い出した。

「港でおかしな話を聞いた。ある貴族の娘が男と駆け落ちをして船に乗ったと言うんだ」

側近であり、親友でもあるエルネストはふたりきりのときは気安い口調になる。しかし新妻との朝寝を邪魔されたリュシュアンはとにかく不機嫌だった。

とりあえず纏《まと》ったローブ一枚の姿で、ソファーの上で足を高々と組んでエルネストを睨めつける。

「それが俺を叩《たた》き起《お》こしてまで報告したかったことか？　貴族が駆け落ちをする話などたまに聞くじゃないか」

「俺がそれぐらいのことでわざわざ朝早くから出てくるわけがないだろう。俺が気になったのはその続きがあるからだ」

「では早く言え！　フランソワーズが目覚めたときにそばにいたいんだ」

「はっ。おまえの口からそんな言葉を聞く日が来るとは思わなかったな。たった一晩で骨抜きじゃないか」

「一晩じゃない。俺は四年前から彼女の虜《とりこ》なんだ」

照れもせずそう口にしたリュシュアンを見て、エルネストは白金髪を揺らしながら肩を竦めた。

「ああ、離宮で俺に無断で遠乗りしたときに出会った美しいオンディーヌだって言うんだろう。続きというのは、そのオンディーヌのことだ」

エルネストの含みのある言葉に、リュシュアンは不機嫌に歪《ゆが》めていた眉を解いた。

「なんだ。言ってみろ」

「駆け落ちした娘を探しているのが、ブーシェ伯爵家の家人なんだ。さすがに家名を出して捜索をしているわけじゃないが、俺の従者の見知った顔がいたらしく、伯爵家の家人で間違いないと言っている。しかしフランソワーズ嬢は伯爵家の一人娘だ。もし本当にブーシェ家の令嬢が駆け落ちをしたというのなら、ここにいる花嫁は誰なんだということになる」

黙って話を聞いていたリュシュアンは思案するように、片手で顎と唇を覆った。

「市井でも少しずつ噂《うわさ》になり始めている。一ヶ月後には戴冠式を控えているのに、国民に不信感を持たれては困るだろう」

エルネストは心配そうに眉を寄せた。

「花嫁が俺のオンディーヌであることは保証する。あの娘を俺が見間違えることはない。しかし、噂については少し調べてみる必要があるな。ブーシェ家の領地、それから別荘周辺からなにかわかるかもしれない。至急調べてくれ」

「わかった。俺はおまえのことを無条件に信じるが、他の者はそうじゃない。なにか陰謀が隠されている可能性もあるから、くれぐれも注意してくれよ」

「安心しろ。俺の妻は寝首をかくような女じゃない」

リュシュアンは自信たっぷりに微笑んでエルネストと別れたが、今無防備に眠るフランソワーズの顔を見て、微かな不安が胸をよぎった。

彼女が自分を嫌っていないのはわかる。というか、態度の端々に好意を感じるから間違いない。

しかし以前のような生来の奔放さというか、無邪気さがなりをひそめてしまっている。

大人になるにつれて分別が身についたのかもしれないが、まるで無理に自分を抑えているようにも見える。昨夜フランソワーズと名前を呼んだとき、悲しげな痛みを堪えるような表情をしたのだ。彼女はエルネストが言っていた噂に関係しているというのだろうか。

「う、ん……」

リュシュアンが何度も髪や額に触れていたからうるさいと思ったのだろう。フランソワーズが微かに声をあげ、うっとうしそうに首を振った。

それから瞼と長い睫毛《まつげ》が小刻みに震え、その向こうから瑠璃色の瞳が現れた。


ジゼルははっきりとしない頭のまま目を開け、目の前の男の顔をぼんやりと見つめた。

どうして自分の部屋に男性がいるのか考え、それから自分が昨日姉の代わりに結婚し、昨夜彼に抱かれたことを思い出した。

「おはよう。俺の奥さんは朝寝坊だな」

リュシュアンはからかうように笑いながら、ジゼルの顔を覗き込むように片肘をついた。

「あなたの愛らしい寝顔を見ているのも楽しいが、そろそろ話し相手が欲しかったところだ」

温かな唇が額に押しつけられて、昨日何度も身体中に口づけられた記憶がよみがえってくる。

「お、おはようございます」

朝から甘い言葉をかけられ、ジゼルは恥ずかしさに上掛けを引き上げて顔を隠してしまった。

「どうして顔を隠すんだ」

「あの……寝起きで乱れておりますから……」

「ずっと寝顔を見ていたのだから、今さら隠しても遅いぞ」

確かにその通りだが、それでも隠したいと思うのが乙女心だ。しかしリュシュアンは無情にもジゼルの細い指から上掛けを引き剝《は》がしてしまう。

「ほら、顔を……」

すると、羞恥で真っ赤になったジゼルの顔を見下ろしたリュシュアンが、なぜか小さく息を飲む。

目は驚いたときのように見開かれ、精悍な頬がわずかに戦慄く。さらには顔がほんのりと赤い気がして、ジゼルは慌てて半身を起こした。気分でも悪くなったのかと思ったのだ。

「……陛下……？」

肌が透けるほど薄いネグリジェ姿であることも忘れ男の頬に手を伸ばすと、ジゼルの倍ほどもある屈強なリュシュアンの身体がビクリと跳ねた。

「フラ……いや、あなたがオンディーヌだったことを忘れていた」

「私は精霊などでは……」

「いや、間違いない。油断したらすっかり魅了されてしまう。もしかすると、もう遅いのかもしれないな」

リュシュアンはジゼルには理解できないことを一方的に口にすると、頬に触れていた手を摑み、そのままジゼルの身体をベッドの上に沈めてしまった。

「きゃっ」

乱暴に仰向けにされてギュッと瞑ってしまった目を開くと、すぐ目の前にリュシュアンの精悍な顔が迫っていた。

「……勃った。もう一度抱かせろ」

「……は？」

わけがわからず見上げるジゼルを見下ろす男の唇の端が吊り上がり、意味深な笑みに変わる。

「昨夜は初めてで立て続けに挿れるのは可哀想《かわいそう》だから、寝顔を見るだけにしてやったんだ。大人しく抱かれろ」

「でも……もう明るくなって……」

やっと自分がなにをされそうなのか理解したジゼルは、とっさに男の下から抜け出そうと身を捩るが、逞しい体躯《たいく》のリュシュアンに押さえ付けられていては無駄な抵抗だった。

「ど、どうかお許しください」

昨晩の破瓜《はか》の痛みを思い出し顔を歪めるジゼルに気づいたのか、リュシュアンは安心させるようにジゼルの頭を撫でた。

「安心しろ。痛いのは初めてのときだけだ。昨夜より気持ちよくしてやるから」

「へ、陛下！」

そういう意味だけで抵抗しているわけではない。そう言い返そうとしたジゼルの唇はリュシュアンのキスで封じられた。

リュシュアンはチュッと音を立てて唇を吸うと、甘やかな笑みを浮かべてジゼルを見下ろした。

「忘れたのか。俺の名前はリュシュアンだ。憶《おぼ》えの悪い妻は躾《しつけ》直さないといけないな」

そう呟くと、リュシュアンはジゼルの返事を待たず、今度は息もできなくなるほど深く口づけてきた。

「んんぅ！」

昨夜たっぷりと快感の手ほどきを受けた初心な身体は、あっけなく愉悦に飲み込まれ、結局ジゼルがベッドから出ることができたのはてっぺんまで昇った太陽が傾き始めた頃だった。

＊＊＊　＊＊＊　＊＊＊

リュシュアンと離宮で過ごす日々は蜜月旅行と呼ぶに相応しく、甘く思考まで蕩けてしまいそうな日々だった。

男の腕の中で目覚め、甘い言葉を囁かれながら溺愛されるのは、ジゼルがこれまで味わったことのない生活で、リュシュアンから向けられる熱量に眩暈《めまい》を覚えてしまうほどだ。

毎朝毎夕王宮から来た使いに対応する以外はずっとふたりきりで、紺碧《こんぺき》の海を望むバルコニーでガウンのまま遅い朝食をとったり、気の向くまま手を繋ぎ離宮の周りを散策したりする。

最初は仕事の時間は邪魔になるのでリュシュアンをひとりにしようと思っていたが、そばにいるように請われて、彼が仕事を片付けている傍らで本を読むこともあった。

王妃として正式なお披露目が終わるとジゼルにも社交という公務が課せられるそうで、今のうちにふたりで過ごせる時間を大切にしたいと言われて断れるはずがない。

ジゼルにはなにをするのも初めてのことばかりだが、その隣に初恋の人であるリュシュアンが寄り添っていることがなにより嬉しかった。

しかし彼が本当に愛しているのはフランソワーズで、彼を騙《だま》しているという現実が、常にジゼルの心に一点の影を落としていた。

リュシュアンの優しさに結婚生活とはこんなに甘いものなのかとこの身の幸せに溺れてしまいそうになるけれど、この一身に向けられている好意は本当ならフランソワーズのものだと思うと、言葉にできない焦燥感が胸に迫ってくる。

こんなにも大切にされているのだから、すべてを彼に打ち明けて許しを請うことを何度も想像した。

最初は優しい彼のことだから驚いたあと許してくれるという自分に都合のいい結果を想像し、しばらくして潔癖なところのある彼が騙されたことを許すはずがないという考えにたどり着く。

まだ数日しかふたりで過ごしていないけれど、リュシュアンには王族らしい清廉で謹直な部分があることに気づいていた。

例えば王宮からやってくる使者には、どんなときも必ず自分で対応する。もちろん届いた書類を溜めておくことはなく、次の使者が来るまでにきちんと処理をしていた。

先日わずかだが馬車の中で仕事をする姿を目にしたときも、従僕が夥《おびただ》しい量の書類を抱えていたが、リュシュアンの話ではエルネストが書類を選別して、急ぎ王の決裁が必要なものだけが送られてきているらしい。

ふたりで過ごす時間の合間に、届けられた書類一枚一枚に丁寧に目を通し、サインをしている様子やその流麗な文字を目にしていれば、彼が几帳面《きちょうめん》で真面目なのだと自《おの》ずと理解できた。

そんなもの堅い部分のあるリュシュアンだから、実は平民の娘であると知ったら、ジゼルのことを王宮から追い出してしまうだろう。いや、追い出されるならまだマシだ。王を謀った罪で縛り首にされ、伯爵家が取り潰しになってもおかしくない。

そう考えたら、決して彼に真実を告げることはできないと思うのだった。

ふたりが離れて過ごす時間は一日のうちのごくわずかで、毎朝侍女が運んで来た鏝《こて》で、実家から付き添ってきた乳母がジゼルの髪を巻くのもわずかな時間のひとつだ。その時間だけは乳母とふたりきりで会話をすることが多かった。

朝に晩に鏝で熱するので髪が傷んでしまうが、リュシュアンが見初めたフランソワーズに近付けるには必要なことで、湯浴みのあともすぐに元の髪型に仕上げてもらっていた。

その日も、リュシュアンは前夜気を失ってしまうほど愛撫に溺れたジゼルがぐっすりと眠っている間に起き出したらしく、目覚めたとき、ベッドには彼がいたはずの場所がぽっかりと穴のように残されていた。

リュシュアンが朝から政務をするのは初夜の翌日でも変わらなかった習慣なので、ジゼルは特に気にもせず侍女の手にかかり着替えを済ませた。

離宮には最低限の使用人しか呼んでいないと言っていたが、それでもジゼルの身の回りの世話をするためだけに常に侍女がふたりは付き従っていた。

伯爵家からもフランソワーズの乳母が王宮に慣れるまでの間という期間限定で付き添っているが、実際にはフランソワーズでないことがバレないように手助けをするためと、密《ひそ》かにブーシェ家と連絡を取るためだった。

挙式一週間前に突然身代わりに仕立て上げられたジゼルにとって、付き添いを引き受けてくれた乳母の存在は心強いことこの上ない。

女三人の手にかかれば愛されすぎて寝乱れ少し疲れた顔も、血色よく生き生きとしたものに見えてくるから不思議だ。

「お嬢ちゃま、体調はいかがですか？」

ふたりの侍女が離れた隙を見計らって、乳母がジゼルにだけ聞こえるように囁いた。

乳母はフランソワーズのことをお嬢様、そしてジゼルのことをお嬢ちゃまと呼んで可愛がってくれている。もうそんな幼子のような呼び方は自分には似合わないとわかっていたが、それは母の屋敷にいた使用人たちと同じ言い方だったから、昔を思い出すようで自分から変えるよう頼むことはなかった。

「陛下はまだお若いですから夜もお元気でいらっしゃいますでしょう？　もし身体がきついようでしたら、無理にお勤めを果たされないで、お休みを願い出てもよろしいのですよ」

「でも」

「女の身体は月の障りもございますし、そのような場合は遠慮なく私かこちらの侍女にこっそり教えてくださいませ。王宮とはそういうものですから」

そう言いながら、乳母は鮮やかな手つきでジゼルの栗色の髪を美しくカールさせていく。

ジゼルは鏡に映る乳母の手を見つめながら、乳母の言葉の意味を考えた。

つまり毎日一緒にいるのに、自分の口からリュシュアンに伝えてはいけないということらしい。淑女から直接伝えるのははしたないということだろう。

リュシュアンなら直接伝えた方が納得してくれそうな気がしたけれど、それがしきたりなら仕方がない。

「わかったわ。なにかあったら相談します。でも陛下はとても優しくしてくださるし、私は大丈夫よ」

「ええ、私もおふたりがつつがなくお過ごしのご様子に安堵しております。昨夜旦那様にもそのようにお手紙でお伝えしたところでございます」

「お姉様は……まだ？」

伯爵家から届く姉の消息を心待ちにしているジゼルは自然と低い声になる。

「ええ。身代わりになったお嬢ちゃまには申し訳ないのですが、このままおふたりをそっとしておくことはできないのでしょうか」

生まれ落ちたときから手塩にかけて育てたフランソワーズを心から愛している、乳母らしい言葉だった。

「私もそう思うわ。でもお父様もお義母様もそれでは納得しない気がするの」

リュシュアンが姿を見せたのは、ジゼルが乳母の言葉に頷いたときだった。

「おはよう、俺の奥さん。今朝のご機嫌はいかがかな？」

リュシュアンは結婚式の翌朝から、からかうときや機嫌がいいとき、なぜかジゼルのことを〝俺の奥さん〟と呼ぶようになった。正直フランソワーズと何度も呼ばれるのは苦痛だったから、その呼ばれ方は大歓迎だった。

いつもなら笑顔を返すところだが、化粧室にリュシュアンが姿を見せるとは思っていなかったジゼルは、不意のことにドレッサーの前で飛び上がりそうになった。

どこから聞かれていたのだろう。声を低くしていたから内容までは聞こえていなかったかもしれない。

「へ、陛下……おはようございます」

動揺が現れているのか、声の調子が硬くなってしまう。

「そんなに難しい顔をして、実家でなにかあったのか？」

「えっ⁉」

「今ご両親のことを話していただろう」

「そ、それは……」

ジゼルは自分が決して嘘《うそ》が上手ではないことを理解していたが、必死でいいわけを考える。

するとそれに気づいた乳母が助け船を出した。

「あの、伯爵ご夫妻がお嬢様のご様子を心配していらしたので、僭越《せんえつ》ですが私がお元気でお過ごしの様子を手紙で書き送らせていただきました。昨夜、その返事が届きまして旦那様のお言葉をお伝えしていたところでございます」

事実と嘘が巧みに織り込まれた、ジゼルではとっさに思いつかないような説明にリュシュアンは軽く頷いた。

「なるほど。一人娘では伯爵も心配もひとしおだろう。即位の儀式が一段落したらご両親を王宮に招くといい」

「ありがとうございます」

「礼を言われるようなことではない。それより、前から気になっていたが、そんなに美しい髪なのになぜ毎朝巻く必要があるんだ?」

リュシュアンはそう言うと、まだ真っ直ぐのままの髪を指ですくった。指を動かすと、指先から癖のない髪がサラサラと流れ落ちる。

ジゼルはそこで初めてリュシュアンに素の髪を見られてしまったことに気づいて、慌てていいわけ口にした。

「見苦しい姿をお見せして申し訳ございません。ヴェルネの女性は巻き毛の方が多いので、そのように装わせていただいております。女性なら皆さんこうしていますわ」

(それに、こうしないとお姉様になれない)

ジゼルは本当の理由を胸の奥にしまい込んだ。

他国の事情は知らないが、ヴェルネや隣国アマーティでは女性の巻き毛が流行していて美人の条件とされているが、ジゼルは残念なことに生まれつき真っ直ぐな髪をしていた。しかしフランソワーズの髪はいつも美しくカールしていたから、彼女のふりをするならこうするしかないのだ。

「なんだ、そんなことか。あなたの髪はそのままで美しいのだから、流行に合わせているというのならやめればいい。あなたはこの国の王妃で、この国にも俺にとっても唯一無二の女性だ。人と同じである必要などないだろう」

ジゼルがドキリとしてしまうような言葉を、リュシュアンは造作もないことのように言い切った。

「俺以外の人目を気にする必要はない。あなたはもう俺の妻なのだから、俺の言うことだけを聞けばいいんだ」

それだけ聞くとなんて傲慢な男だと言えなくもないが、彼にはそれを言い切るだけの地位がある。なにより自分に自信がなければ口にできる言葉ではなかった。

「陛下がそうおっしゃるのでしたら」

「ああ。そうしろ。社交の場でどうしても必要というならかまわないが、それ以外はあなたらしくいればいい」

リュシュアンの言葉はジゼルの胸に響いて、それから悲しくさせる。〝あなたらしく〟と言われると、王妃らしくしなくてはいけないと気負っているジゼルの気持ちを一度は楽にしてくれるのだが、すぐに彼に本当の自分を見せることはできないと気づき苦しくなるのだ。

姉の身代わりになると決めたのは自分なのに、リュシュアンに本当の自分を見せることができないのは辛い。二度と会うことはないと思っていた初恋の人がフランソワーズの結婚相手でヴェルネ王だったなど、どんなに頑張っても予想できるはずがない。

偶然とはいえ初恋の人と結ばれたのだから喜べばいいはずだが、彼の心はフランソワーズにあると思うと悲しくなる。日々フランソワーズとして愛され振る舞うことが自分の役目だが、ではジゼルの本当の気持ちはどうすればいいのだろう。

しゅんとして口を噤《つぐ》んでしまったジゼルに、リュシュアンが苦笑いを浮かべて言った。

「別にその髪型が悪いとか、あなたに似合わないと言っているわけじゃない。どんなドレスを着ていても、どんな髪型をしていたとしてもあなたはいつだって美しいからな」

ジゼルが自分の言葉で落ち込んでしまったと誤解したのだろう。リュシュアンの気を引き立てる言葉に、ジゼルは微かに唇を緩め頷いた。

「ありがとうございます」

「あなたはそうやって笑っている方がいい。ほら、今日は途中まで手をつけているのだから早く仕上げてもらえ」

その言葉に、乳母が再び手を動かし始める。するとリュシュアンは近くにあったスツールを引き寄せると、なぜかすぐそばにどっかりと腰を下ろしてしまった。

何事かと思っていると、ジゼルの髪がクルクルと巻かれていく様をジッと見つめている。女性の支度など面白いものでもないはずなのに、まるで生き物でも観察するような真剣な目だ。

するとリュシュアンはとんでもないことを口にした。

「俺でも練習すればできそうだな。よし、貸してみろ！」

そう言うと、なにを思ったのか乳母が使っていた鏝に手を伸ばしたのだ。

「そ、そんな、陛下にお願いするなんて畏れ多いことです」

「いいから貸してみろ」

慌てる乳母の手から鏝を取り上げると、ジゼルの背後に回りもう一方の手で髪を掬い上げる。

「どうかおやめください。火傷《やけど》なさったら大変です！」

乳母の必死の制止の声に、他の侍女たちも何事かと部屋の中に戻ってくる。

「陛下!?」

「危のうございます！」

周りでおろおろとする侍女と乳母の前で、リュシュアンは見様見真似《みようみまね》でジゼルの髪を鏝に巻き付けていく。

「む。思ったより難しいな……あつっ！」

背後で聞こえたリュシュアンの声に、ジゼルは思わず振り返りそうになる自分を必死で押しとどめた。熱い鏝を使っているときは、する方もされる方も突然動くのは危険なのだ。

「誰か、早く冷やすものを！」

前を向いたままそう指示を出すことしかできないが、鏡の中のリュシュアンは涼しい顔なので、たいしたことはないらしいと胸を撫で下ろした。

「ん？　なんだかうねり方が違うな。どうしてこうなるんだ」

どうやら思い通りにいかなかったらしく、そばにいた乳母に顰《しか》めっ面《つら》を向ける。

「それはですね、内巻と外巻きがございまして……」

「なるほど。こう巻けばよいのか」

そのあとも乳母に聞きながら、リュシュアンは覚束ない手つきながらジゼルの残りの髪も仕上げてしまった。

仕上げたと言っても玄人との違いは歴然で、乳母がリボンを使ってアレンジをしてなんとかそれらしく仕上げてくれた。

「女の支度とは大変なものだな」

片付けをして部屋を出ていく乳母と侍女を見送りながら、リュシュアンは溜息をついてソファーに腰を下ろす。タイを緩めると、隣に座ったジゼルの髪に指を絡めた。

「やっぱり俺が巻いた部分の形が悪いな」

納得がいかないと顔をしかめるリュシュアンに、ジゼルは思わず笑いを漏らしてしまう。

「ふふふっ。そんなに簡単にできるようになりませんわ。ばあやも随分と練習したと聞きました」

「そうなのか。ではまたあなたの髪で練習しよう。そのうちあなた専属の髪結いになれるぐらい上達するかもしれないぞ」

「まあ！　もう十分ですわ。陛下に手ずから仕上げていただくなんて畏れ多いです。もう危ないですからおやめになってください」

ジゼルはリュシュアンの火傷が気になって、自分よりも随分と大きな手を取って傷を改めた。

少し赤くなってはいるが水ぶくれにはなっていない。これなら薬をつけておけば痕は残らないだろう。ジゼルは侍女から受けとった薬を丁寧にリュシュアンの手に塗り込んだ。

「痛くはありませんか？」

「問題ない。それより、あなたがさっき落ち込んだ本当の理由はなんだ？」

「え？」

ジゼルはギクリとして手を止めたが、すぐに何事もなかった顔で薬を塗り終え、彼の膝の上に手を戻した。

「俺に髪を巻かなくていいと言われて、悲しそうな顔になったから、似合わないと言われたと誤解したのだと思ったが、本当は違うだろう？　なにが気に障ったのだ」

「……」

彼は人の気持ちや態度にとても聡《さと》い人らしい。ジゼルが悩んでいる本質が別にあることに気づいてしまっている。もちろんまだ身代わりであることには気づいていないようだが、気を抜いていてはすぐに気づかれてしまうだろう。

ジゼルは無邪気に見えることを祈りながらニッコリと微笑んだ。

「落ち込んでいることなどございませんわ。ただ陛下に装っているところを見られて、少々恥ずかしかっただけです」

するとリュシュアンは手を伸ばしジゼルの頬に触れた。愛撫するように手のひらが頬を撫で、首筋へと滑らされる。

「嘘つきだな」

まるで閨の中で触れられているような甘い仕草に、ジゼルは頬が熱くなるのを感じながらプイッと顔を背けた。

「う、嘘などついておりません」

リュシュアンの手の動きに動揺してしまったせいで、その態度がまさに嘘を隠そうとしている仕草に見えてしまうことに気づかない。

「あなたは素直だな。嘘をつくとすぐにわかる」

「……」

「すぐに目をそらすし、いつもよりさらに言葉遣いが丁寧になる。まるで完璧な淑女を演じようとしているみたいだ」

鋭い指摘に自然と鼓動が速くなる。彼の言う通り、自分は彼の前で完璧な姉を演じようとしているのだ。

頬に触れられるほど近くにいる彼に気づかれてしまいそうなほど、心臓が大きな音を立てていた。

「へ、陛下の考えすぎですわ」

平静を装うジゼルに、リュシュアンはからかうような眼差しを向ける。

「ほら、やっとリュシュアンと呼ぶことに慣れていたのに、さっきから陛下と呼んでいるじゃないか」

「……それは侍女たちがおりましたし」

「なるほど。俺の奥さんは侍女たちの前では丁寧な口調になるのか。覚えておこう」

リュシュアンはそう言うと小さく肩を竦めたが、それ以上問いつめようとはしなかった。

もっと根掘り葉掘り尋ねられるかと内心慄《おのの》いていたジゼルは、あっさりと引き下がったリュシュアンになんとなく違和感を覚えた。

まだ数日の付き合いだが彼は疑問に思っていることをうやむやにする性格ではない。まるで秘密があることに気づいていて、わざと見逃されているみたいだ。

しかし彼に気づかれるようなことはしていないはずだ。きっといつぼろを出してしまうか心配ばかりしているから、そう感じてしまうのだろう。

「そうだ。聞きたいことがあったんだ」

がらりと変わった口調に、ジゼルはホッとしてわずかに緊張を解いた。

「あなたは馬には乗れるな?」

「え？　ええ」

質問の意図がわからず、ジゼルは素直にこっくりと頷いた。

「もし乗馬をするのが嫌でなければ、午後から馬で少し遠くに連れて行こうと思ったんだ。

近くに美しい入り江があるんだ。歩いて行くには少し遠すぎるがあなたに見せたいと思ってね。馬で行くのが不安なら馬車を用意させるから、遠慮なく言ってくれ」

乗馬なら大好きだ。フランソワーズは大人しい牝馬にばかり乗っていたが、別荘の馬番はジゼルの乗馬の腕を認めて、監視付きだがかなり元気な牡馬《ぼば》に乗せてくれることもあった。

「是非ご一緒させてください！」

思わず飛びつくように答えてしまってから、少々はしたなかったと慌てて言葉を付け足す。

「でも随分と馬には乗っていないので、できれば大人しい馬がいいです」

「わかった。馬番にもそう言い付けておこう」

リュシュアンは快く請けおってくれた。


「まあ、なんて綺麗な葦毛！」

屋敷の外に引き出された馬を見て、ジゼルは思わず声をあげて駆け寄ってしまった。

ジゼルのために横鞍が取り付けられた馬は葦毛の牝で、すぐそばにはリュシュアンのための一回り大きい鹿毛にも鞍がつけられている。

「いい子ね」

葦毛と言っても白馬に近い灰色で、ジゼルは革手袋をしたまま葦毛の白い首筋を撫でた。昔別荘の馬番から葦毛の牝馬は大人しいと聞いたことがあるから、ジゼルのために乗りやすい馬を用意してくれたのだろう。

「あなたならそう言ってくれると思った」

すぐ後ろからリュシュアンも手を伸ばし、葦毛の鬣《たてがみ》に触れた。声とともに背中に男の胸が触れて、ジゼルはその近さにドキリとして小さく息を飲んだ。

「もし気に入ったのなら、あなた専用にするといい。あとで馬屋に案内するから、他の馬から選んでもかまわないぞ」

リュシュアンはもう一度優しく鬣を撫でると、自らジゼルを鞍の上に押し上げてくれた。

「やはりその色にしてよかったな」

「え？」

藍色の乗馬服を着て首を傾げるジゼルを見上げながら、リュシュアンが満足そうに微笑んだ。

「その乗馬服だ。あなたの瞳の色に合わせて作らせたのだが、よく似合っている」

リュシュアンはもう一度ジゼルに笑いかけると、葦毛の首を撫でてから自身も颯爽《さっそう》と鹿毛の背に跨がった。

その堂々とした姿に一瞬見惚《みほ》れ、出会ったときの彼を馬番だと思い込んでいたことを思い出した。

初めて会ったとき彼が連れていたのも葦毛で、まだ少女だった自分は彼のその場限りの愛の囁きにうっとりと身を任せてしまったのだ。

お忍びであの辺りを訪れていたリュシュアンにとっては、偶然森で出会った娘をからかった程度のことで、覚えておくほどのこともなかったのだろう。

少し前方で手綱を操るリュシュアンの背中を見つめて、ジゼルは小さく溜息をついた。

一目惚れをされ結婚までの間大切にされていたフランソワーズと、その場限りの戯れでたやすく口づけられてしまった自分との違いに惨めな気分になる。

ジゼルの悩みなど知らないリュシュアンは、道中も時折馬を併走させ気づかってくれ、心の中の憂いとは裏腹に道のりは快適だった。

教会のある街から離宮までの間は断崖絶壁という景色が多かったが、さらに海岸線を進み細い道を下って行くと、そびえ立つ岩の間からぽっかりと静かな入り江が姿を現した。

入り江は高い岩に囲まれていて、まるで大きな石の塊を上からくりぬいたみたいだ。唯一外海に通じているのは岩の壁に空いたトンネルだけで、そのおかげで海は小波ひとつないほど凪いでいる。

先着していた使用人たちが、白い砂浜に大きな日傘やテーブルの準備をしているところまで馬を進めると、リュシュアンは駆け寄ってきた馬丁に手綱を渡し、ジゼルを馬上から抱き下ろしてくれた。

砂浜に降り立ったジゼルは、改めてその入り江をぐるりと見回し、目に眩《まぶ》しいほど白い砂浜と透き通った海の碧のコントラストに目を細めた。

「どうだ、気に入ったか？　俺のお気に入りの場所だ」

「なんて……綺麗な砂浜なんでしょう」

ヴェルネは海を有する国だが、王城やジゼルたち貴族が住む街はやや内陸にあり、フランソワーズは稀《まれ》に旅に出る友人を見送りに港を訪れることがあったが、屋敷に閉じこもっていたジゼルはほとんど海を見たことがなかった。

昔父が高原の屋敷と別に、もう一軒海岸線に別荘を建てる提案をしたことがあったが、義母が潮風はベタベタして嫌だとか、海のそばでは波の音がうるさくて眠れないなど理由をつけて立ち消えになったことがあった。

もしあのとき義母が賛成していたら、自分もフランソワーズと一緒にこんな景色の中で過ごすことができたのだろうか。

乗馬靴が砂に沈んで歩きにくかったが、リュシュアンが手を引いて波打ち際まで連れて行ってくれた。

「あなたが馬に乗れてよかった。馬車ではここまで入ることができないからな」

ジゼルはリュシュアンの言葉に頷きながら高い岩壁を見上げた。

崖の上からここまでは馬一頭が通り抜けられる程度の道しかなく、馬車で来るのならこの狭小な道の手前から歩くしかない。

だとすると、使用人たちは崖の上から日傘やテーブル、お茶の道具などをわざわざ運び下ろしたことになる。ジゼルは思わず立ち働く使用人たちの苦労を慮《おもんぱか》って振り返ってしまった。

「どうした?」

「いえ。ここまで荷物を運び下ろした使用人は大変だと思いまして」

「ああ、そういうことか。あなたは優しいな。重いものはなるべく馬を使っているはずだが、気になるならあとでねぎらいの言葉をかけてやってくれ。美しい王妃に声をかけられれば皆も喜ぶだろう」

「はい、是非」

ジゼルが微笑んで頷くと、リュシュアンは再び手を引いて入り江の中を案内してくれた。

内海から外海へ抜ける岩のトンネルから光りが差し込む光景は幻想的で、向こう側に広がった景色を見るために小舟を進めてみたくなる。

「不思議ですね。まるで誰かが作った海の隠れ家みたい」

「この辺りは外海が荒々しいから、波と風に侵食されてこんな地形ができたそうだ。それにあなたのその例えも間違いじゃない。昔、海賊船に追われた貿易船がこの入り江に船を隠したらしいから」

「でも入り江に入っていくところを見られてしまったら、あとを追いかけてこられて、逆に追い詰められてしまって危険だわ」

ジゼルの心配に、リュシュアンは小さく笑って首を振りそれを否定した。

「ここからだとそう見えるが、外海から見ると岩が柱のように入り組んでいて、巧みに入口を隠してくれている。それに海中にもゴツゴツした岩があるから、この辺りに詳しくない船があとを追おうとしても隠れた岩で座礁してしまうんだ。もっとも最近の貿易船はすっかり大きくなったから、この入り江まで入ってこれなくなってしまったがな」

「では昔は本当にここに船が隠れていたということね！」

かつてそんなことがあったとは思えない静かな入り江を、ジゼルは興味津々で見回した。

幼い頃のジゼルなら、面白がってあたりを探検しただろう。

「私たちが降りてきた道はその貿易船の人たちが作ったのかしら。きっとそうね。だって、こちらから見るとあそこに道があるようには見えないもの。もし海賊が追いかけてきたらあの道に身を隠して逃げたのではないかしら。私だったら絶対にそうするもの。ああ、もしかしたらあそこに誘い込んで一対一の戦いを挑んだのかも。だってあの狭さでは剣を振り回すことはできないし、海賊が手練《てだ》れだとしても対等な戦いを挑めたはずよ」

ジゼルは夢中でそこまで口にし、リュシュアンの視線を感じてハッとして口を噤んだ。

まるで物語のような話に興味をそそられて思いつくままに話をしてしまったが、フランソワーズなこんな埒《らち》もないことを言ったりしない。

つい好奇心旺盛なジゼルの部分が顔を出してしまったが、リュシュアンは変に思わなかっただろうか。

するとジゼルの話に耳を傾けていたリュシュアンはフッと口許《くちもと》をほころばせた。

「あなたは恋物語より冒険譚《たん》の方が好きそうだな。読書は好きなのか？」

どうやら不審には思われなかったらしく、その顔は意外なことを口にしたジゼルを面白がっているようにも見える。

「読書は好きですが、冒険譚のようなものは読んだことはございません」

伯爵家にも図書室があったが、男性向けの政治や歴史の本が多く、女性向けといえば昔からの物語や詩集ばかりで、自分から本を強請《ねだ》ることができなかったジゼルは屋敷の書物と家庭教師から与えられた教科書以外読んだことがなかった。

しかし歴史の本などを読んでいると時折、昔の交易の様子などから海賊が横行していた時代のことをわずかに知ることができた。

「では王宮の図書室は楽しめるかもしれないぞ。ご婦人が喜ぶような恋物語や俺が子どもの頃に何度も読んだ冒険譚もたくさんあるからな」

「まあ！　王宮に行くのが楽しみになりました」

思わず手を叩いて喜んだジゼルを見て、リュシュアンはからかうように眉を上げた。

「でもあなたには、恋物語は必要ないな」

「え？」

意味がわからず首を傾げると、リュシュアンは色っぽい笑みを浮かべてジゼルを見つめた。

「恋物語は若い女性が恋に憧れて読むものだ。もう俺という夫がいるあなたには必要ないものだろう。どうしても恋したいというのなら、俺を相手にすればいいのだから」

「……っ」

誘うように緑の瞳が揺れて一瞬息ができなくなった。

「どうした。急に黙り込んで」

ジゼルが動揺していることに気づいているはずなのに、リュシュアンは気づかうふりをして華奢な肩を抱く。頬が熱くてたまらないジゼルは、顔を隠すように背を向けた。

「俺の奥さんは恥ずかしがり屋だな。そんなに顔を赤くして」

「ち、違います。ここは少し暑くて……っ」

汗ばむほどでもなく過ごしやすい初夏の風に吹かれながらそんなことを口にしても、すぐに嘘だと気づかれてしまうだろう。その証拠に、背後でリュシュアンが楽しげにクックッと喉を鳴らした。

「そんなに暑いというのなら、水に入ってみるか？」

「えっ？」

ついつられて振り返ってしまったが、すぐにフランソワーズならそんなはしたないことをしないと気づく。別荘で川遊びをするたびに叱られたから、彼女はそれを好ましく思っていなかったはずだ。

「もう十分堪能させていただきました。リュシュアン様、連れてきてくださってありがとうございました」

ジゼルが仕方なく控えめに断りの言葉を口にしたときだった。

「おいで」

リュシュアンはジゼルの腰に手を回すと、その身体を易々《やすやす》と抱きあげ近くの岩の上に座らせた。

「あ、あの……」

何事かと呆気《あっけ》にとられている目の前で、あろうことかリュシュアンはジゼルの前に跪《ひざまず》き乗馬服のスカートを捲り上げた。

「リュシュアン様!?」

「いいから」

短くひと言だけそう言うと、リュシュアンは手早く乗馬靴の紐をほどき脱がせてしまう。そしてさらにスカートの中に手を差し入れて、太股で留めてあった靴下留めを、小さな音を立てながら外してしまった。

「な……お、おやめください……ッ……」

跪くリュシュアンとスカートを捲り上げられたショックでろくな抵抗もできずにいると、彼は手慣れた仕草でスルスルと靴下も巻き下ろしてしまう。

初めての夜も思ったが、彼は侍女の経験があるのかと疑いたくなる手つきだ。

「ま、待って……！　じ、自分でできますから」

「お互い生まれたままの姿を見せ合っているのだから、今さらこれぐらい恥ずかしがる必要はないだろう」

「そ、そういう問題では……ひぁっ！」

リュシュアンの指がわずかに内股を撫で、ジゼルの唇から声が漏れる。

「こら、そんな声を出すんじゃない。使用人たちにおかしいと思われるぞ」

「だって、リュシュアン様が……！」

「だから大きな声を出すんじゃない。帰ったらちゃんと可愛がってやるから」

リュシュアンは楽しげに唇を震わせてもう一方の足からも靴下を巻き下ろしたが、同じように内股を撫でて挑発するのも忘れなかった。

ジゼルにできることと言えば、真っ赤になってスカートがこれ以上捲り上げられないように必死で押さえることぐらいだった。

リュシュアンは自分もブーツを脱ぎすてるともう一度跪き、まるで侍女のようにジゼルのスカートを歩きやすいようにまとめ、手渡してくれる。

「どうぞ、奥さん」

「……」

羞恥でむくれたジゼルの様子など気にせず、空いた手を取る。ジゼルは仕方なく立ち上がるしかなかった。

「こうしてみると、あなたは思っていたより小柄だな」

リュシュアンの言葉にドキリとする。ドレスのときは踵の高い靴を履いていたし、乗馬靴は靴裏の厚みで誤魔化していたが、素足で並んで立つと本来の背の高さがはっきりとわかってしまう。

「あの、女性は靴によって大分印象が変わりますから」

嘘ではないがうしろめたさにさりげなく視線を外すと、リュシュアンはそれ以上なにも言わず、ジゼルの手を引いて波打ち際まで連れて行ってくれた。

「あ」

足先に触れた海水は想像していたより冷たくて、ジゼルは小さく声を漏らした。

「そのまま入っても大丈夫だ。流れがないから川に比べたら歩きやすいはずだ」

濡れた砂が指の間に入り込む不思議な感覚に、恐る恐る歩を進める。凪いでいると思っていたが水面は揺れていて、寄せては返す小波がジゼルの足首にまとわりつく。

最初は違和感を覚えた濡れた砂の感触も、慣れてくるとなんだか擽ったい。

「ふふふ」

初めての波と砂の感触に、ジゼルは小さく笑いを漏らしリュシュアンを見上げた。

微笑んだリュシュアンの唇はわずかに開いていて、口腔からわずかに覗く赤い舌が蠱惑《こわく》的に見える。金色の髪が太陽に透けてキラキラと輝く様も美しくて、ジゼルはひとときその姿に見蕩《みと》れてしまった。

　もちろん相手も同じように自分の笑顔に見蕩れているとは思わずに、お互いはひととき言葉もないまま見つめ合っていた。

「海は初めてか」

　先に理性を取り戻したのはリュシュアンで、うっかり深いところに足を踏み入れないようジゼルの身体を引き戻す。

「はい」

　ゆっくり乾いた砂地に引き戻されながら頷いた。

「貿易港を持つヴェルネの王妃がそれではいけないな。これからは度々ここに来て海に親しんだが方がいい」

　それはこれからもこうして連れだしてくれるという意味だろうか。ジゼルが期待を込めた眼差しで見つめると、リュシュアンも優しく下がった目尻で頷いた。

5　熱情に身を委ねて

波打ち際をひとしきり散歩して美しい貝殻を拾ったあと、使用人が準備してくれた日傘の下でお茶とお菓子をいただいて、離宮に帰る頃には日はすっかり傾いていた。

ジゼルはリュシュアンに夕食の前に入浴をすると断ってから自室へと引き上げた。潮風ですっかり縺れてしまった髪を洗いたいと思ったのだ。

離宮には寝室が両手に余るほどあるが、ジゼルには夫婦の寝室とは別に、それに続くこぢんまりとした寝室も与えられていた。

挙式の日からずっと夫婦の寝室でリュシュアンに抱かれて眠っていたので、小さな寝室のベッドを使ったことはないが、着替えをしたり入浴をしたり、今朝のように装うときに化粧室として使っている。

迎えの侍女に付き添われて部屋に入ると、乳母ともうひとりの侍女が湯浴みの支度をして待っていた。

「お帰りなさいませ。湯浴みの支度ができておりますよ」

浴室から漂う湯の匂いに、ジゼルは乳母に笑いかけた。

「よくわかったわね」

「半日も潮風に吹かれていたら誰でもそうしたくなりますから。おやおや、靴もドレスも砂だらけじゃないですか。早くお召し物をお脱ぎください。さあさあ」

子どもの頃から知っている気安さで追い立てられ、腰を下ろす間もなく乗馬服を脱がされる。乳母はコルセット姿にしたジゼルを侍女に委ねると、ドレスと靴を抱えて部屋を出ていった。

「口うるさい人でしょ?」

コルセットの紐をほどいてもらいながら、ジゼルは愛情を込めて言った。

侍女に勧められ湯船に身体を沈めると、心地よい湯の温かさにほっと吐息を漏らす。

「小さい頃からお世話してもらっているから、あの人には頭が上がらないの」

ジゼルの言葉に侍女たちがクスクスと笑い声を上げた。

「乳母殿はいつも王妃様の心配をされていらっしゃいますよ。陛下と仲睦《むつ》まじくお過ごしか、体調はどうかと、お召しあがりものにも気を遣っていらして」

「まあ。あなたたちに口うるさく言っていなければいいのだけれど」

さらに深く湯船に身体を沈めながら、ジゼルは溜息交じりに呟いた。

離宮に来て世話をしてくれている侍女たちは未婚と思われる若い女性が多い。あとになって王宮にはベテランの侍女たちもたくさんいると知ることになるが、このときは乳母がジゼルを心配して若い侍女たちの邪魔をしていないのか心配だった。

よそ者にあの調子でどやされていれば、厭《いと》わしいと思う人もいるだろうと心配だが、ここの侍女はあの過剰なほどのかいがいしさを、好感を持って見てくれているようだ。

「王妃様、窓の外をご覧ください」

侍女はそう言うと、浴室の窓にかけられたカーテンを開けた。

「まあ、綺麗！」

この時間に浴室を使うのは初めてで気づかなかったが、海側にしつらえられた大きな窓からは、これから水平線の向こうに沈もうとする太陽が見える。

「ちょうどいい時間でしたわ。どうぞ王妃様はそのまま」

燃えるような太陽の光りが白い浴室の中を赤く染め、ジゼルは侍女の手に髪を委ねながらしばしその光景に見入ってしまう。

侍女の手は潮風ですっかり縺れてしまった髪を洗髪剤で丁寧に解きほぐしていく。ジゼルはその手つきの心地よさに、夕日を浴びながら目を閉じた。

こんなひとときき、何度でも思い浮かべてしまうのは、自分はこのまま幸せに浸っていいのかということだった。

貴族の世界では顔もろくに知らない相手に嫁ぐこともあり、蓋を開ければ父親も超えるような年齢の男性であったり、財産と家柄が釣り合っても、実は愛人の元に通い詰めるとんでもない放蕩者《ほうとう》だったりと、すべてが幸せな結婚の方が少ないと聞かされていた。

リュシュアンの一目惚れで決まった結婚だからこんなにも大切にされ、溺愛されるのだろうか。

こんなにも甘やかされて大切にされていたら、すべてが自分に向けられている気分になって、彼の愛情に溺れてしまいそうになる。

もちろん真実はフランソワーズに向けられたものだとわかっているが、リュシュアンなら本当のジゼルを知っても嫌いになったりしないのではないかと、わずかばかりの期待が胸を過ってしまうのだ。

もちろんそんなことはジゼルの都合のいい夢だ。いつも最後はその考えにたどり着き、そのたびに胸にほろ苦いものを抱えることになる。

「失礼します」

侍女の声に、ジゼルは閉じていた瞼を上げた。侍女が濡れた髪をタオルで包むためにバスタブに乗せていた頭を抱え上げたのだ。

侍女は手際よく髪の水分を吸い取ると、髪に香油をすり込んでから、湯船に浸《つ》からないよう髪を高いところで結んでくれた。

ジゼルが物思いに耽《ふけ》っている間に太陽は水平線に三分の一ほど沈んでいて、空が赤とピンク色のグラデーションに染まっている。

「ありがとう。あとはひとりでできるから」

せっかくの夕日をこのまま堪能しようと、侍女に礼を言って下がらせようと振り返ったときだった。浴室の入口にいるはずのない人の姿に、ジゼルは悲鳴のようにその人の名を呼んだ。

「リュシュアン様！」

ジゼルの叫びに侍女たちもギョッとして振り返り、それから慌てて膝を折る。

リュシュアンはすでに乗馬服から着替えて、シンプルな白いシャツにトラウザーズという寛《くつろ》いだ服装に替わっていた。

「どうなさったのですか……？」

ジゼルがバスタブに身体を隠すように沈めてから恐る恐る尋ねると、リュシュアンはいつもジゼルをうっとりさせる甘い笑みを浮かべた。

「ここからの夕日が一番綺麗だからあなたに知らせようと思ってきたんだ」

リュシュアンはそう言いながら片手を振って侍女たちを下がらせてしまう。

ドアが閉まる音を聞くと、リュシュアンはゆっくりと後ろ手に浴室の扉を閉めた。

「さあ、一緒に夕日を見よう」

そう言うとジゼルの目の前で衣服を脱ぎすてる。真っ赤になって目をそらすと、その隙にバスタブに身を沈め、背後からジゼルの身体を抱きすくめてしまった。

「リュ、リュシュアン様……」

「なんだ、もう髪は洗ってしまったんだな。せっかく俺が洗ってやろうと思ったのに」

本気とも冗談ともつかないことを言いながら、身体を硬くするジゼルの首筋に唇を押しつける。

「んっ」

「ああ、いい香りがする」

愛撫するような声で囁かれ、肌に触れる息は火傷してしまいそうに熱い。それにまだ今日の汗を流していないのだからいい香りのはずがない。

「そんな……まだ身体を洗っていないので汗の臭いが……どうか離してください」

ジゼルが肩口を揺らして腕の中から逃げ出そうともがくと、リュシュアンはバスタブの横に置いてあった石けんを泡立て、その泡をジゼルの身体に擦りつけてきた。

「な、なにを……」

「身体を洗いたいのだろう？　せっかくだから髪の代わりに身体を洗ってやる。離宮は人手が足りぬから俺があなたの世話をしてやろう」

「け、けっこうです」

「いいから大人しくしていろ。あなたが夕日を見ている間に綺麗にしてやる」

泡にまみれた手で顎を掴まれ、無理矢理《むりやり》窓の方へ顔を向けられる。

確かに夕日は今まさに水平線の向こうへ沈もうと赤々と燃えていたけれど、ほっそりした肩から腕、そして脇腹から胸へと滑らされる手の動きに翻弄されて景色どころではない。

「……んっ……ふ……」

大きな手のひらの動きは洗うというより、撫でると言った方が正しくて、その擽るような動きがジゼルの肌を粟立《あわだ》たせる。

湯の中から胸の丸みを掬い上げられ、立ち上がり始めた胸の蕾《つぼみ》がジゼルの目の前に現れた。

長い指先が頂の周りを焦らすようにクルクルとなぞると、蕾は恥ずかしくなるぐらいぷっくりと膨らんでいく。

「はぁ……っ……」

浴室を埋め尽くす湿度と自分の身体の熱さに、鼓動が速くなり息苦しくてたまらない。

ジゼルから吐き出された熱っぽい息に応えるように、長い指が膨らんだ両胸の頂を摘まみ、押しつぶすように捏ね回す。

「あぁ……ん……やぁ……」

甘い痺れが一瞬で全身を支配して、ジゼルの唇から漏れる声が一段と艶っぽくなった。

「暴れるんじゃない。そんなに動いたら綺麗にできないだろう」

腕の中で身悶えるジゼルの身体を、リュシュアンのすらりとした足が押さえ付ける。

「どうした？　景色をみないのか？」

指先で乳首を扱《しご》かれながら、ジゼルはその問いに小さく首を横に振る。恥ずかしいのに、自分の乳首がいやらしく形を変える様から視線をそらすことができないのだ。

「ほら、あなたがよそ見をしているうちにすっかり日が沈んでしまったじゃないか」

まるで感じているジゼルが悪いという呟きとともに、無防備な耳朶に舌を這わされた。

「ひぁ……っ、あぁ……」

ぬちゅりと耳の中で音がして舌先が耳孔を這い周り、乳首を指先で押しつぶされる。

「や……はぁ……っ、だめ……そんな洗い方……」

「どうして？　こうされた方が気持ちいいだろう？」

耳の中に息を吹き込むように囁かれ、ぞわりとする刺激にジゼルは身体を大きく跳ね上げた。

リュシュアンのせいで随分と長く湯に浸かっていたからか、頭が次第にぼんやりしてきて、彼の言葉が遠くで聞こえるような気がする。

「もぉ……あつい、です……」

くたりと倒れ込むように広い胸に身体を預けると、リュシュアンは大きな飛沫を上げながらジゼルを抱きあげ、バスタブの縁に座らせた。

白い漆喰の壁に背を預けると、ひやりとして火照った身体がわずかに冷やされる。ジゼルがホッとして目を閉じると、再びバスタブに腰を下ろしたリュシュアンがジゼルの右足に泡を塗りつけ始めた。

「なに、を……」

「まだ全部洗い終わっていないからな。あなたはそうして休んでいていいぞ。ああ、滑り落ちないように両手でバスタブに摑まっていろ」

リュシュアンはそう言うと楽しげに手のひらをジゼルの足に這わせ始めた。

膝頭まで滑らされた手が再び足の甲まで戻って来て、ジゼルの小さな足の指の間に潜り込む。

「ひぁ……っ」

擽ったさに声を漏らすと、リュシュアンがクスリと笑いを漏らした。

「敏感な身体だな。昼間砂浜で触れたときもそんな声を出していた」

「それは……リュシュアン様がいやらしい触り方をなさるから……」

ただ洗われるだけならジゼルだってこんなおかしな声をあげたりしない。恥ずかしさと悔しさに批難するような視線を向けると、リュシュアンはニヤリと色っぽく微笑んだ。

「そうだな。あなたが感じやすいのは、こうして毎日可愛がってあなたを開発し、甘い声をあげさせる俺のせいだ」

悪びれもせず、毎日淫らなことをしているからだと肯定され、そのやりとりに慣れないジゼルはなにも言い返せなくなってしまった。

「ほら、指の間に砂が入り込んでいるじゃないか」

侍女の役を務めることを楽しんでいるリュシュアンは、足指の間を丁寧に洗い砂浜に落ちていた貝殻のような小さな爪にチュッと音を立てて口づけた。

「リュシュアン様‼」

擽ったさと信じられない場所に口づけられた羞恥で足を引こうとしたが、しっかりと摑まれていてそれは叶わない。

「こら、大人しくしていないと滑り落ちるぞ」

「リュシュアン様が変なところに口づけるからです！　汚い場所なのに」

そういいながらジゼルはギュッと足を閉じ太股を擦り合わせる。信じられないことにリュシュアンに口づけられた瞬間、足の間の秘密の場所がキュンと痺れてしまったのだ。

さっきから少しずつ自分がいやらしく下肢を濡らし始めていることに気づいてはいたが、突然の口づけに驚いて一際感じてしまった。

こんな淫らな身体になってしまったことをリュシュアンには気づかれたくない。しかし拙いジゼルの誤魔化しなど男には通じず、リュシュアンは見せつけるように赤い舌を覗かせると、あろうことかそれでジゼルの足先をねっとりと舐めあげた。

「ひぁっ‼」

濡れた舌に舐められた途端、ジゼルの身体を甘い痺れが駆け抜け、大きく身体を跳ね上げてしまい、必死でバスタブの縁に指をくい込ませた。

「や、やめ……て……っ……」

必死の抵抗もむなしく足首をがっちりと掴まれ、足の指を口腔に含まれる。濡れた腔内に迎え入れられ、ぬるりとした舌の刺激にジゼルは再び膣洞に甘い痺れを感じた。

「ふぅ……ん」

声を漏らさないよう唇を噛むと、鼻から熱い息が漏れる。

リュシュアンは上目遣いでジゼルの反応を確かめながら指の間や小さな爪にも丹念に舌を這わせ、やがてちゅぽんと音を立てて唇から指を引き抜いた。

「ほら、綺麗になったぞ」

「……」

快感にわなわなと震え眦《まなじり》に涙を浮かべたジゼルは、とっさになにも言い返すことができなかった。

王が自分に跪いて足を舐めるという信じられない光景と初めての刺激に、呆然としているジゼルに笑いかけると、リュシュアンはジゼルの左足も同じように丁寧に洗い、指の股の隅々まで舌で舐めあげた。

「はぁ……ん」

右足と同じように足指が音を立てて唇から引き抜かれたときには、ジゼルはすっかり力が抜けて抵抗できなくなっていた。

「おや、随分いい匂いをさせているな」

リュシュアンはそう言いながら膝頭に手をかけ足を大きく開かせたが抵抗できなかった。

「いい匂いがするのはここからだ。足の指を舐められてこんなに感じたのか？」

下肢の茂みにリュシュアンの視線が向けられていることに気づき、その視線にゾクリとしながら、ジゼルは素直にこくりと頷いた。

「いやらしい奥さんだ」

「……っ」

悪戯《いたずら》を見つけて窘《たしな》めるような眼差しに、手で愛撫されたときのように腰がブルリと震える。

「だが、俺はこういう淫らさと少女のように恥じらう無垢さを持つあなたが好きなんだ」

リュシュアンは唇を蠱惑的に歪めると、誘うように手のひらを内股に滑らせた。

「ん……っ」

たったそれだけの仕草なのに、身体の奥から淫らな蜜が溢れてくる。

「舐めてもいいか」

リュシュアンの掠れた声に、ジゼルは羞恥を感じながらこくりと頷いた。

「ではもう少し腰を突き出して……そうだ。俺が支えているから怖がらなくていい」

リュシュアンはジゼルの片足をバスタブに乗せもう一方を抱え込むと、噎《む》せ返《かえ》るような匂いを立ち上がらせる花園に顔を埋めた。

「ふ……ぁ……」

クチュッと恥ずかしい音がして、リュシュアンの男性的で引き締まった唇が溢れた蜜を啜《すす》る。

「あなたの感じやすい場所がよく見えるぞ」

すでに窓の外は真っ暗になっていたが、侍女があらかじめ浴室のあちこちに置いてあったランプに照らされ、ジゼルの恥ずかしい場所ははっきりと見えているらしい。

赤く充血した肉襞を舐めしゃぶられ、浴室にジゼルの嬌声が響き渡る。

「あ……あぁ……ン、あ……あぁ……っ……」

ヌルヌルと舌を擦りつけられるたびに花弁が疼くように震えて、少しずつジゼルの思考を鈍らせていく。

「本当は昼もあなたの靴下を脱がせながらこうしたかったんだ」

「はぁ……ん、んぅ……」

恥ずかしくて苦しいのに、もっと深いところまで舐め尽くされたいという淫らなことを考え、自分から足を大きく広げてしまう。

「はぁ……俺の奥さんはいやらしくて……かわいいな」

愛撫ですっかり蕩けた花びらに、リュシュアンの熱い息が降りかかるだけで、蜜孔が物欲しげにヒクヒクと震える。舌先で小さな花芽を舐められ、その刺激にジゼルの細腰が跳ねた。

「ここが気持ちいいのか」

身体を震わせガクガクと頷くと、小さな膨らみをチュウッと吸いあげられる。

「ああ……っ！」

指先で剝き出しにされた赤い突起を執拗《しつよう》に舌で嬲られ、お腹の奥が痺れて腰がブルブルと震え始めてしまう。

初めての夜は怖くてたまらなかったあの瞬間が訪れようとしていることを、今は待ち望んでいる自分がいた。

「あぁ……だめ、あっ、あっ……もぉ……ッ……」

「達してしまいそうなのか？　では……こちらも舐めてやる」

小さな粒を嬲っていた舌が口を広げて待っていた膣孔にねじ込まれ、熱い舌が敏感な粘膜を擦る。同時に赤く充血した粒を指で押さえ付けるように転がされ、ジゼルが強い刺激にあられもない声をあげてしまう。

「ひぁ……っ、ダメ……あぁぁ……私……も、もぉ……っ……」

「いいぞ、イッても。何度でもイカせてやる」

グリッと一際強く花芽を押しつぶされ、ジゼルはたまらず一際高い嬌声をあげ上りつめた。

そのあと脱力してずるりとバスタブの中に滑り落ちそうな身体を抱きあげられた。濡れた身体にタオルを巻き付けただけの姿で夫婦の寝室へ連れて行かれ、朦朧とした意識のまま激しく抱かれたのは覚えている。

ひととき意識を手放していたジゼルが目を覚ましたとき、部屋には軽食が運び込まれていたが、昼の遠出に加え激しく抱かれたせいですっかり疲れたジゼルは食欲を失っていた。

しかしリュシュアンはそれを許してくれず、また眠り込みそうになるジゼルを無理矢理揺り起こし膝の上に抱きあげた。

「ほら、これを飲んで」

冷たい水のグラスを唇に押しつけられ、口の中に流し込まれる。浴室で逆上せたあげく声が枯れるまで啼かされたジゼルは、喉を滑り落ちる水の感触に歓喜してごくごくと喉を鳴らしてグラスの水を飲み干した。

わずかに口の端から溢れた落ちた雫をリュシュアンが舌で舐めとる。いつものジゼルなら恥ずかしくて真っ赤になるような仕草なのに、大人しく彼の手にされるがままになっていた。

「奥さん、まだ眠ったらだめだよ。フルーツなら食べられるだろう？」

正気のときならうっとりしてしまう、甘やかすような声音に、眠くてたまらないジゼルは目を閉じたまま首を横に振った。

「いい子だから……一口だけ」

唇に甘い汁がしたたる桃を押しつけられ、ジゼルは仕方なく小さく口を開く。小さな果実の欠片《かけら》を押し込まれ、ジゼルの口の中は甘酸っぱさでいっぱいになった。

「……ん、おいし……」

そう感想を口にするとすぐに次の果肉が口許に運ばれる。眠くてたまらないジゼルがイヤイヤと首を振ると、リュシュアンは再び甘い声で囁いた。

「ほら、もう一口だけだ。そうしたら寝かせてやるから」

それは幼い頃熱を出し、母になだめすかされながら薬を飲まされたときのようだった。

「愛《いと》しい人、口を開けてごらん」

渋々口を開くと、先ほどよりも少し大きな果肉が押し込まれ、ジゼルの小さな口はいっぱいになってしまう。

「んぅ」

息苦しさになんとか咀嚼《そしゃく》するが、熟れた桃の雫がジゼルの唇の端から溢れてしまう。雫が伝い落ちるくすぐったさに手を伸ばすと、それよりも一息早くリュシュアンの唇がその汁を啜った。

「……また零《こぼ》して。赤ちゃんみたいだな」

熱い舌がペロリと雫の跡を舐めあげ、くすぐったさに首を竦めるとそのまま唇を塞がれてしまう。

「ん……っ」

すぐに口腔に舌が押し込まれ、わずかに残る果肉がリュシュアンの舌に絡め取られる。リュシュアンは甘く香る口の中を満遍なく舐めあげてから吐息のように呟いた。

「甘いな……」

ジゼルを見下ろすリュシュアンの緑の瞳には欲望の光りがひらめいていて、覚束ない思考ながら身の危険を感じる。

「もう一度あなたを抱いてもいいか」

今にも飛びつかれて頭から飲み込まれてしまいそうな眼差しに、ジゼルは恐怖を覚えて首を振った。

「や……」

もちろんジゼルの幼子のような抵抗は黙殺され、再びふたりの身体はベッドの上で絡みついていた。

そしてジゼルが次に目覚めたのは、カーテンの隙間から日の光りが差し込む時刻だった。

昨夜ジゼルが泣いて懇願するまで抱くことをやめなかった男の姿がないことに気づき、ジゼルはあちこち痛みを訴える身体を無理矢理シーツから引き剝がした。

今は何時頃なのだろう。昨日は浴室でリュシュアンに触れられてから、ずっと彼の腕の中にいたはずだ。あまりにも何度も欲望をぶつけられて泣き出したジゼルを、彼は優しく抱きしめてくれた。

繰り返し肉竿をねじ込まれた下肢はじんじんと痺れて、まだ胎内に彼がいるような不思議な名残があるのに、当の本人はどこへ行ったのだろう。

いつものように王宮からの使者に会っているのだと納得する反面で、あんなにも激しく自分を抱いたのだから目覚めたときもそばにいて欲しかったというわがままな気持ちになってしまう。

いつの間にかこんなにも彼を愛してしまった自分が怖い。うまく彼を騙せているのだから安心すればいいのに、この蜜月はいつまでも続かないと頭の中でもうひとりの自分が囁きかけるのだ。

フランソワーズの身代わりを言い付けられたときは結婚式が怖くて仕方がなかったのに、今は彼に真実を知られて嫌われることがなにより怖かった。

そのときリュシュアンが落胆する顔を想像するだけで涙が滲んできてしまう。

いくらフランソワーズを盾に伯爵に強制されたとはいえ、こんな馬鹿げたことを引き受けてしまった過去の自分が恨めしい。少し考えれば彼を傷つけることだとわかったはずなのに。

自分の愚かさにジゼルがさめざめと涙を流し始めたときだった。カチリと音がして、リュシュアンが花束を手に扉の向こうから姿を見せた。

「ああ、もう起きていたのか」

リュシュアンは起き上がっていたジゼルに笑顔を向けた次の瞬間、その顔を曇らせた。

「どうして泣いているんだ」

手にしていた花束をベッドの上に放りジゼルのそばににじり寄る。

「あ、これは……」

ジゼルは慌てて濡れた頬を拭ったが、その手首をリュシュアンの大きな手が捉えた。

「どこか痛いのか？　それとも昨日何度も抱いたことを怒っているのか？」

緑の瞳に真っ直ぐに射貫かれ、ジゼルの涙がピタリと止まる。

オロオロするリュシュアンの姿を見ていたら、先ほどまで悲しかったはずなのに笑いがこみ上げてきてしまう。

「おい、なんで笑うんだ」

ついさっきまで涙を浮かべていた妻の顔に浮かぶ笑みに、リュシュアンが困惑したような表情になる。その慌てた表情を見るだけで、さっきまで悩んでいたことなどどうでもいいと思えてくるから不思議だ。

「いえ、目覚めたときにリュシュアン様がいらっしゃらなかったので寂しくなっただけです」

ジゼルが本心を口にすると、リュシュアンの顔に安堵の色が浮かび、すかさず華奢な身体が広い胸の中に収まった。

「昨日はひどくしてしまったから、あなたに嫌われてしまったのかと思った……」

絞り出すような言葉にジゼルの小さな胸がぎゅっと締めつけられる。自分の涙は彼をそんな気持ちにさせてしまうような効果があるのだろうか。

「だが、なにがあったとしても俺があなたを手放すことはしないぞ」

念を押すように強く抱きしめられ、ジゼルの唇から、心から満たされた吐息が漏れた。

「……愛しています」

決してジゼルが口にしてはいけない言葉なのに、それは自然と唇からこぼれ落ちた。

「あなたを嫌いになどなるはずがございません」

自分から大きな身体に腕を回し、広い胸に顔を埋めた。

もうこの人から離れられない。この入れ替わりがばれて追い出されたら、もう生きていることなどできないだろう。

「今朝は熱烈だな。昨夜もたくさん抱いたが、もしかして足りなかったのか？」

「ま、まさか！」

ジゼルが慌てて身体を離すと、視線の端に花束が転がっているのが映る。

「あれは……？」

「そうだ。あなたを喜ばせようと思って用意したんだが」

ジゼルの視線を追い、リュシュアンはシーツの上に転がっていた両手に余るほどの花束を拾い上げた。

「あなたに」

差しだされた花束は濃いピンクやオレンジなど明るくはっきりとした色を集めたカラフルなものだ。

「まあ、かわいい！　ありがとうございます!!」

見ているだけで元気が出てきそうな明るい色合いに、ジゼルは感謝の気持ちを込めてリュシュアンを見上げた。

「うん。やはりあなたにはこちらの方が似合うな」

「え？」

「結婚式のときのブーケはドレスに似合っていたが、こうしてあなたと過ごすようになって少しイメージが違ったと思っていたんだ。あなたは儚《はかな》げな白や淡いピンク色よりこういう生命力が漲《みなぎ》った元気な色の方が似合う」

言われてみれば、結婚式の淡いピンクの薔薇とグリーンを基調とした大人っぽい雰囲気のブーケとは正反対だ。

リュシュアンの言う通り、あのブーケはフランソワーズのイメージで作られたもので、あれが自分のものだったらまったく違うものになっていただろう。

ひとときフランソワーズの顔を思い浮かべ、感慨深い気持ちで花束を見つめていると、リュシュアンが笑いを含んだ声で言った。

「俺はあなたが実は冒険譚が好きで、少々お転婆《てんば》なことも知っているからな。そんなあなただから好きになったのだから、俺の前で無理に貴婦人らしくする必要はない。それに大人しい女では俺も気詰まりだ。あなたはあなたらしく振る舞えばいい」

彼は元気な女性の方が好きらしい。初めて出会ったときも小川に足を浸して涼んでいたジゼルに興味を持ったから、そういった女性が好みなのだろう。

だからといって、王妃が普段からそんな振る舞いをしていたら、周りの者に眉を顰められてしまいそうだ。

ふとリュシュアンが結婚してから自分の名前を呼ばなくなったことを思い出した。正確には結婚式の翌朝からで、最初はフランソワーズと呼ばれるたびに罪悪感を憶えて仕方がなかったのでありがたいと思っていたけれど、一度も呼ばないというのはさすがにおかしい。

しかしリュシュアンが身代わりであることに気づいているのなら、こうして花を届けてくれたり、情熱的に身体を求めてきたりはしないはずだ。

だとすればなにか別の理由があるのかもしれないが、偽物である以上こちらの身がばれてしまうようなことを尋ねることはできなかった。

「そういえば、今日はもうお仕事はおしまいなのですか？」

ちらりと時計を見やると、いつもならまだ執務室にいる時間だった。

「いや……エルネストが来ている」

リュシュアンはなぜかその名前を口にするとき一瞬言いよどみ、美しい緑の瞳が憂えたように見えた。

なにか思い悩むような表情に、ジゼルは名前を呼ばれないことを不審に思っていたことも忘れて首を傾げる。

まだ離宮に来てからのことしか知らないけれど、リュシュアンは公務を疎《おろそ》かにしない人だし、エルネストは彼が誰より信用している人のはずだ。それなのに、今の顔は彼との仕事に気乗りがしないという表情に見える。

なにか感情的に行き違いがあったとか、エルネストから聞きたくない話でもあるのだろうか。ジゼルは少しでもリュシュアンの気持ちを楽にしてあげたくて口を開いた。

「リュシュアン様、支度をしたら私も執務室に伺ってもよろしいですか？」

その提案にリュシュアンはわずかに眉を上げる。

「なぜだ？」

「お仕事がお忙しいのなら私がおそばに行こうかと思いまして。なんだかお疲れのようですし……ご迷惑ですか？」

彼の仕事を手伝うことはできないが、そばでお茶を淹《い》れたり気分転換に話し相手になることぐらいなら可能だと思ったのだ。

ジゼルの意図に気づいたのだろう。リュシュアンはフッと唇を緩め、ジゼルの頭を子どもにするようにクシャクシャッと撫でた。

「ありがとう。あなたは優しいな。でも今朝は朝食をたっぷりとって、ゆっくり過ごした方がいい。疲れているのはあなたの方だろう？　昨夜は食事もさせず、随分無理をさせてしまったからな」

最後のからかうような言葉で、脳裏に昨夜のことが一気によみがえり、まだ身体のあちこちが痛いことも思い出した。ジゼルが頬を赤く染めて恨めしげに見上げると、リュシュアンは満足げにクツクツと喉を鳴らし、ジゼルの唇に軽く触れるだけのキスをした。

「そんな愛らしい瞳で睨まれても怖くないぞ。それよりさっさと仕事を片付けてくるから、午後はなにをして過ごすか考えておいてくれ」

リュシュアンは扉に手をかけながらチラリとジゼルを振り返る。

「もちろん、あなたがずっとベッドで過ごしたいというのなら俺は大賛成だが」

「……‼」

ドキリとして目を見開くジゼルを愛撫するような眼差しで見つめると、リュシュアンはニヤリと笑って扉の向こうに消えた。

「も、もう……」

朝から幸せなやりとりにうっとりしていると、入れ違いに朝食のトレーを捧げ持った侍女と乳母が部屋に入ってきた。

侍女が朝食のお盆を置き、リュシュアンが届けてくれた花を活《い》けるために部屋を出ていくと、乳母が白い封筒を差しだした。

「お嬢ちゃま、これを」

「なにかしら」

まだ先ほどの幸せな夫婦のやりとりの余韻に浸っていたジゼルはなんのてらいもなく手紙を受けとった。

「昨夜お屋敷から届きました。私宛ての手紙の中に、お嬢ちゃま宛てのものが一緒になっておりました」

その言葉で一気に現実に引き戻され、ふわふわとしていた気持ちに冷や水を浴びせられた気分になる。まるで自分が彼の本当の花嫁でないことを思い知らすために届けられたみたいだ。

「……お父様から？」

封筒に表書きはなく、ジゼルは訝りながらも手早く封を切る。

〝ジゼルへ〟そう書かれた文字は、間違いなく父であるブーシェ伯爵のものだ。

久しぶりに目にする自分の名前に鼓動が速くなるのを感じながら、ジゼルは父の手紙に目を走らせた。

「そんな！」

ジゼルは途中まで手紙を読み、その内容に思わず声をあげた。

「お嬢ちゃま？　なにがあったのですか？」

乳母は手紙の内容を知らされていないらしく、ジゼルの上げた声にオロオロしている。愛してやまないフランソワーズになにか起きたのかと心配しているのだろう。

残りを最後まで読んだがすぐには言葉が出てこなくて、ジゼルは便箋をそのまま乳母に手渡した。

手紙の始まりは、フランソワーズを外国で保護したという報告からだった。そのことにホッとしたのもつかの間、伯爵はジゼルにとんでもない指示をしてきた。

姉を屋敷に連れ戻すので、一週間後に里帰りと称して屋敷に戻り、そのタイミングで姉と入れ替わるようにというのだ。そのまま病気になったことにして滞在を延ばし、些細な雰囲気の違いは病のせいで面変わりしたと言って誤魔化せばいいという。

「まさか……こんなことができるはずもございません！」

信じられないと首を横に振る乳母に、ジゼルも頷いて同意した。

「私もそう思うわ。ここ数年顔を合わせていなかったからこそ結婚式を誤魔化せたけれど、リュシュアン様は妻が突然入れ替わって気づかないような愚鈍な男ではないもの」

それに病で面変わりしたと言っても、夫婦として身体を重ねていれば、相手が別人であることに気づかないはずがない。父だって男なのだからそれぐらい理解できるはずだ。

できれば戴冠式までに入れ替わりたいと言うのが義母の希望だと書き添えられていて、実の娘を王妃の座に据えて戴冠式を迎えさせたいという彼女の気持ちもわかるが、ばれたときに娘が罪に問われることまで思い至らないらしい。

「とにかく、お父様はなんとしても戻るようにとおっしゃっているから、午後にでも陛下のご機嫌がいいときを見計らって、里帰りの件はお願いしてみるわ」

「それなら大丈夫でございますよ。陛下はお嬢ちゃまといらっしゃるときはいつもご機嫌がよろしいと侍女たちはみんな言っております」

乳母の言葉にジゼルは恥ずかしくなる。

他の夫婦のことはわからないが、リュシュアンは自分を溺愛と言っていいほど大切にしてくれている。彼がジゼルに対して声を荒らげるとか、粗相をして怒ることもなく、なにをしても許してくれるのも知っていた。だからこそ、自分が騙されていたと知ったときの彼を思うと胸が苦しくてどうしようもなくなるのだ。

「問題は陛下がお嬢ちゃまの里帰りをお認めになるかですね。新婚といえば今が一番いい時期ですから、お嬢ちゃまを溺愛されている陛下が離れることをお許しになるか……」

「大袈裟《おおげさ》ね、里帰りぐらいで。二、三日という約束で出かけるぐらいならなにもおっしゃらないと思うわ」

もちろん伯爵の思惑通りに進めば、二度とリュシュアンに会うことはなくなってしまうのだが、ジゼルはそのことを意図的に考えないようにした。

案外リュシュアンは淑《しと》やかで美しいフランソワーズが本物だと知ったら、ジゼルのことなど忘れて彼女を愛するのではないかと考えて、不安になってしまうからだ。

ジゼルは結婚式からずっと自分の左薬指にはまっている指環《ゆびわ》に触れた。結婚にあたり王家に代々引き継がれる王妃の指環や宝飾品を引き渡されたが、この結婚指環は新しく作られたものだ。

不思議なことにドレスのサイズは合わなかったのに、指環だけはジゼルの指にピタリと収まった。

小粒だが大きさの揃《そろ》ったダイヤがぐるりと指の周りを縁取っていて、読書や手仕事をしていても邪魔にならないので、つけたままにするように言われていた。

自分が確かにリュシュアンの妻だと実感できるものだったが、これも姉に返さなければいけないと思うと胸が苦しくなる。あれこれ考えていると彼との別れが怖くて涙が出てきてしまいそうだ。

ジゼルは気づかうように見つめる乳母の視線に気づいて、安心させるように微笑んだ。

「とにかく陛下にお伺いをたてるしかないわ。ばあやはあまり心配しないでいいのよ。よかったじゃない、お姉様が見つかって」

「ええ、それは嬉しいのですが……本当にそれがお嬢様の幸せとは思えません」

乳母の心配の通りで、フランソワーズが屋敷に連れ戻されるのは、一緒に逃げた心から愛する男性と引き離されるということを意味する。

駆け落ちをしたと聞いたときは、なにもかも捨てて愛する人と逃げた姉に、ただ羨望の気持ちを向けただけだった。

ジゼルも一度会っただけのリュシュアンに憧れは抱いていたが、それは幼い恋で、駆け落ちを決意するほどの想いではなかった。

しかし身代わりとはいえこうして妻になり、愛し愛される幸せを知ってしまった今、フランソワーズの気持ちを思いやるとなにが正しいのかわからなくなる。

ジゼルは悲痛な顔の乳母の手を握りしめた。

「お屋敷に戻ったら私からもお父様にお願いしてみるわ。お姉様を愛する人と結婚させてあげてくださいって。お父様が私の話を聞いてくれるとは思えないけれど……」

「いえいえ、それがようございます！　私も微力ながら一緒にお願いさせていただきますから」

乳母に力強く手を握り返され、ジゼルは優しく微笑み返した。

6　嘘と真実

乳母を安心させるために伯爵に頼んでみると言ってしまったものの、自分の言葉など伯爵の心を動かす役に立たないことは十分わかっていた。

でももし万が一伯爵が許してくれたなら、自分はもう一度リュシュアンの花嫁として戻ってくることができるかもしれないというわずかな期待も捨てきれない。

もちろんそれは利己的で浅ましい考えだ。本来なら今の自分の居場所こそがフランソワーズのもので、彼に蕩けるほど愛されるのもフランソワーズだったのだから。

もしそうなったとき、自分は身代わりで彼の元に嫁いできたことを黙っていられるとは思えない。しかしすべてを話せば今度は彼を怒らせ、平民の娘など王宮から追い出されることになる。

どちらに転んでも自分が幸せになれないのなら、せめてフランソワーズだけでも愛する人と一緒になって欲しいと願うことぐらいは許されるだろう。

身支度を終えたジゼルが、侍女の案内を断りひとりで執務室を訪《おとな》うと、リュシュアンの声の代わりに扉を開けてくれたのはエルネストだった。

「まあ侯爵様」

そう口にしてから、リュシュアンが彼と会う予定があると言っていたことを思い出した。

「王妃様、お久しぶりです。どうぞ」

促されて部屋に入ると、リュシュアンは窓を背にして執務机の前に座っていて、ジゼルと目が合うとニッコリと微笑んでくれた。

「どうしたんだ？　早く俺に会いたくなったのか？」

エルネストの前だと言うのにいつもの甘い口調で問われてしまい、なんだか恥ずかしい。

「あの……お話があってきたのですが、侯爵様がいらっしゃるのなら、後ほどにいたします」

今にも踵を返して部屋を出ていこうとするジゼルの前に、エルネストの腕が突き出される。

「王妃様、どうぞ私になどお気遣いなく。よろしければ私が席を外しますので。それから私のことは陛下のようにエルネストと呼び捨てにしていただいて結構ですよ」

エルネストは胸に手を当て、気取った騎士のような仕草で頭を下げた。白金髪がサラサラと流れ落ちる様も優雅に見える。

先日会ったときも思ったが、エルネストは仕草も優美で美男子だから、きっと社交界で人気者なのだろうと、余計な詮索をしてしまう。

「エルネスト様、お気遣いありがとうございます。でも本当にたいした話ではありませんのでこちらにいらしていただいて結構ですから」

「ではそのたいしたことはないという話を聞かせてみろ」

リュシュアンは執務机の前から立ち上がると、ジゼルのそばにやってきて、近くのソファーに一緒に腰を下ろした。

「お忙しいところ申し訳ございません。今朝……乳母のところに手紙が届きまして……母の体調があまりよろしくないというのです。それで……来週にでも、一度伯爵家に帰らせていただけないかと」

この部屋まで来る道すがら必死で考えた里帰りの理由をたどたどしく口にする。

「里帰りですか。どなたかに会いに行かれるつもりですか？」

「えっ!?」

いつの間にか向かいのソファーに座ったエルネストの言葉に、ジゼルはドキリとしてしまう。

フランソワーズに入れ替わるのが目的だったから、彼女のことを言われたのかと思ってしまったのだ。しかし彼がそのことを知っているはずがないと気づき、慌てて唇に笑顔を浮かべるがそれはぎこちないものになってしまう。

「い、今申し上げた通り、母に……会いに行くだけです。体調が悪いようですから」

「ああ、そうでしたね。先ほどそうおっしゃったのにすっかり失念しておりました」

ジゼルの言葉にエルネストは屈託のない顔で微笑んだけれど、ジゼルは緊張のあまり心臓がドキドキと音を立てるのを止めることができなかった。

あまり不自然な態度をしていては隣に座るリュシュアンに不審に思われてしまう。しかしリュシュアンにはその態度が母を心配しているように見えたらしい。

リュシュアンがジゼルの手を取り、両手で落ち着かせるように包みこんだ。

「そんなに心配なら明日にでも様子を見に帰ってかまわないぞ。二、三日ならあなたがいなくても我慢してやる」

リュシュアンらしい親切な提案だったが、手紙の様子ではフランソワーズはまだ屋敷に戻っていないはずだ。一週間後と書かれていたから、あまり早く戻っては姉が間に合わないことになってしまう。

「いえ、あ……ええと……は、母は大袈裟な人なのです！」

ジゼルはとっさにそう口にした。

「きっと請われるままにすぐに帰ったら、母は……じ、自分が悪い病なのではないかと誤解してしまうかもしれません！　ですから母のためにも急いで帰らない方がいいのです」

母親の様子を見に帰りたいと自分から言い出したのに、急がない方がいいなど、自分でもこんなに嘘が下手だとは思わなかった。それなのに、リュシュアンは子どもでも気づきそうなジゼルの嘘にあっさりと頷いた。

「あなたがそうしたいと言うならそれでいい。出発までに戴冠式のドレスの試着を届けるよう伝えておこう。俺はあなたが実家に帰っている間に王宮に戻るから、あなたも帰ってくるときは王宮の俺の元に戻ればいい」

「それはいいですね。私の方もそろそろ陛下に王宮にお戻りいただきたかったので、ちょうどいいじゃないですか」

諸手《もろて》を挙げて里帰りに賛成されると思わなかったジゼルは、あまりにもすんなりと進む話に違和感を覚えたが、リュシュアンが王宮に戻るつもりならそれでいいと思うことにした。

「承知いたしました。王宮に戻ればよろしいのですね」

「王妃様にそう言っていただけてよかったです。おふたりが楽しくお過ごしのところに政務をお届けするのは申し訳なくて」

エルネストの言葉に、リュシュアンが顔をしかめる。

「それはおまえがここに通ってくるのが面倒になってきただけだろう？　大体おまえに決裁

権を与えているものまで離宮に運んでくるから俺の仕事が増えるのだ」

「そんなこと言わないでください。それでなくても別の仕事まで押しつけられて、情報を集めるだけでも大変なんですから」

「つべこべ言うな。元々はおまえが持ち込んできたネタだ。最後までやり遂げろ」

「王妃様、人使いが荒いと思いませんか」

エルネストの言葉に、ジゼルは我慢ができずにクスクスと笑い出してしまった。

リュシュアンとエルネストのやりとりを聞いていると、ふたりの歴史を知らないジゼルでもお互いが信頼し合っているのがすぐにわかる。

「陛下がエルネスト様に頼んだお仕事とはなんなのですか？　そんなに大変な調べ物なのでしょうか」

「そうですねぇ……王妃様が王宮にお帰りになるまでには色々と片がついてお話できるのではないでしょうか」

つまり今は機密で話せないという意味らしい。

「王妃様が王宮にお戻りになるのを、臣下一同楽しみにしておりますので」

エルネストは再び騎士のように白金髪を揺らして頭を下げたが、ジゼルには自分がその場所に足を踏み入れることができないことをいやというほど知っていた。次に王宮に戻るのはフランソワーズで自分ではない。

　こんなに親切な人にも嘘をついて騙しているのだと思うと、改めて罪悪感が胸に押し寄せてくる。数え切れないほどたくさん嘘をつき続けた自分を、リュシュアンは決して許してくれないだろう。

「お仕事中に失礼いたしました。私は部屋に戻らせていただきます」

　これ以上この場所にいるのが辛くて、ジゼルは挨拶をするとそそくさと執務室をあとにした。


　逃げるように部屋を出ていくジゼルを見送り、最初に言葉を発したのはエルネストだった。

「やれやれ。おまえのオンディーヌは随分とわかりやすい嘘つきだな」

　ジゼルが出ていった扉をジッと見つめていたリュシュアンは、親友の言葉に小さく首を竦めた。

「ああ、元々素直で嘘をつけない質なんだ。ことがことでなければあのオロオロしている顔も愛《め》でてやるところなんだが」

「おまえの愛でるはめちゃくちゃにするって意味だろ。あんなほっそりとした身体で可哀想に」

「おい。俺の女の身体を勝手に見るな」

「別にそういう目で見ているわけじゃないよ。知ってるか？　男の嫉妬は見苦しいって」

先ほどジゼルに見せた礼儀正しさなど微塵《みじん》も感じない仕草で、エルネストは高々と足を組みソファーにふんぞり返った。

「うるさい。それよりさっきの報告に間違いはないんだな？」

「ああ、彼女は……おまえのオンディーヌはフランソワーズの身代わりで、伯爵家には存在しないはずの娘だ」

「しかし彼女が俺の出会ったオンディーヌの方であることは間違いない」

「まったく……ややこしくなってきたな」

エルネストの顰めっ面に、彼がこの情報を集めるのに相当苦労したことがわかる。

「リュー、どうするつもりだ」

「できれば里帰りまでに彼女自身が真実を話してくれたら助かるが」

「俺が不思議なのは、これまで娘として認めてもらっていないのに、なぜ彼女が伯爵のいいなりになっているのかってことだけど」

「彼女は純粋なところがあるから、たとえ身代わりだとしても初めて娘として認められて嬉しかったのかもしれないな」

リュシュアンの言葉に、エルネストも納得した顔で頷いた。

「どちらにしろ、一週間後には片《かた》をつける。おまえはそれまで王宮で戴冠式の準備でもしていろ」

「承知しました。陛下の仰せのままに」

言葉こそ恭しいが、エルネストは相変わらず傍若無人な態度でソファーにふんぞり返りながら言った。

＊＊＊　＊＊＊　＊＊＊

リュシュアンから里帰りの許可をもらったと聞くと、乳母はとにかくフランソワーズの顔が見られることを喜び、ジゼルがしたためた応諾の手紙を伯爵に届けるよう手配してくれた。

「陛下は随分とお引き留めになったのでしょう」

乳母の言葉に、ジゼルは弱々しく首を振った。

実は自分もほんの少しリュシュアンが引き留めてくれるのではないかと期待していたのに、思いの外あっさり許可をされ、嬉しいのか悲しいのか複雑な気分だった。

「お義母様が病気のようだと申し上げたらすぐ帰った方がいいとおっしゃって、慌ててしまったわ。そうそう、私が伯爵家に戻るタイミングで陛下も王宮にお移りになるそうよ。だから王宮に送る荷物と伯爵家へ持ち帰るものをきちんと分けておいてね。私の……ジゼルのものはすべて伯爵家に」

リュシュアンが王宮に戻ることにしてくれてよかったのかもしれない。自分の思い出をすべて持ち去ることができるのだから。

憂い顔のジゼルに乳母が痛ましげな視線を向ける。

「お嬢ちゃま……本当にそれでよろしいのですか？　真実を聞いても陛下がお嬢ちゃまをお望みになることだってあるかもしれませんし」

「バカね。そんなことあるはずがないでしょう。だって本当の私は伯爵家の一員として認められていないんですもの。陛下がどんなに優しくても、平民を妻に求めることはありえないわ」

「では、お嬢ちゃまはこれからどうなさるのです」

「私は……」

伯爵に姉と牧師の息子の結婚を許して欲しいと頼んだ時点で、父は怒ってジゼルを屋敷から追い出すだろうことは想像できる。

母の兄という人はまだ健在のようだから、頼めば農場での仕事がもらえるかもしれない。

元々フランソワーズがいなければ留まる必要のなかった屋敷だ。姉の件がどうなろうと自分が姿を消すのが一番なのだから、それがことを収める最良の方法だ。

フランソワーズが牧師の息子と一緒になり自分が戻らなかったとき、リュシュアンはどうするのだろう。ジゼルは未練を断ち切るように、乳母の手をギュッと握りしめた。

「私の心配なんてしなくていいわ。あなたはお姉様のことだけを考えて」

もちろんそんな言葉で乳母が納得しないのはわかっていたが、今のジゼルにはそう答えることしかできなかった。

乳母には申し訳ないけれど、他にも気になることがたくさんありそれどころではなかった。

特に不安だったのは、母の病気を理由に里帰りをしたいと申し出たジゼルの言葉を、リュシュアンが本当に信じたように思えなかったことだ。

あんな子どもでも疑うような理由に彼が頷いたのは、なにか意味があるのだろうか。もしジゼルが別人だと気づいているなら、騙された怒りをぶつけてくるはずだが、これまで一切それについて触れられたことはない。

今思えば、エルネストが鎌をかけるような質問をしてきたが、リュシュアンはそれにすらなにも言わなかった。もしかすると、本当に気づいていないのかもしれない。引き留められると思ったのに、あまりにもあっさり許可されたから肩透かしを食らったような気持ちになって、それが不安に思えるのだろう。

何度もそう自分に言い聞かせたけれど、やはり不安を拭い去ることはできなかった。そしてその不安が現実になるのはすぐだった。

それに気づいたのは、いつものように寝支度を終えベッドに横たわったときで、これまでなら先にベッドに入っていたリュシュアンに抱き寄せられ深く口づけられて夜の時間が始まっていた。

ところがその夜のリュシュアンはジゼルの唇に軽く口づけると、そのままジゼルの身体に手を回し、優しく抱きしめたまま眠ってしまったのだ。

結婚式の夜から毎晩抱かれていて、それを喜んで受け入れていたジゼルは困惑したが、その夜はリュシュアンも疲れているのだろうという考えにたどり着いた。

夫婦の営みがどのぐらいの頻度であるものなのかは知らないが、乳母や侍女たちの匂わす言葉の様子から彼がかなり情熱的なことには気づいていたから、ゆっくり休みたい夜もあるのだろうと思ったのだ。

しかしその次の晩もその次も、リュシュアンは一切ジゼルの身体を求めなくなった。

「おやすみ、奥さん」

そう言って優しく口づけ、ジゼルの身体を抱いて眠るだけだ。

どうして自分に触れないのか尋ねたいが、女性がそれを口にするのははしたないことのように思える。もしかしたらジゼルを抱くことにすっかり飽きてしまったのかもしれない。

昼間はこれまで通りリュシュアンの執務中は傍らで読書をして過ごしたり、離宮の周りを散歩したりする。散歩中に際どい言葉でジゼルをからったりするのに、いったん寝室に入るとまるで聖職者にでもなったかのように、礼節を持って接してくるのだ。

リュシュアンの腕に抱かれて眠るのは守られているようで安心できるが、彼の激しさを知ってしまった今は、なんだか物足りない。彼に触れられないことに不安を感じる自分が淫乱で、性欲旺盛な淫らな女なのではないかとすら考えてしまう。

隣で目を閉じて眠るリュシュアンの姿をそっと見上げると、目覚めているよりも表情が柔らかく見えて、こちらの方が四年前森で出会ったときの彼に近い気がする。

やはり王太子と王では責任が違うから、いつも気を張っているために昔と比べると引き締まった顔に見えるのかもしれない。

考えて見れば、いつも激しく抱かれて先に眠りに落ちてしまうから、こんなふうに闇の中で彼の顔をじっくり観察するのは初めてだ。

こうして彼の顔を見ることができるのもあと数日だと思うと、眠ってしまうのがもったいないような気がした。

するとジゼルを抱きしめている手に力がこもり、引き寄せられて広い胸に顔を押しつけられる。

「……リュシュアン様？」

「なんだ？　眠れないのか？」

一瞬ドキリとしたけれど、目を閉じたままそう返されてはそれ以上なにも言えなくなる。

「いえ、おやすみなさいませ」

すぐに呼吸は規則的な寝息に変わり、ジゼルは抱き枕にでもなった気分でリュシュアンの腕の中で目を閉じた。

しかしそれ以外にリュシュアンに変わったことはなく、常にジゼルを気づかってくれるので端から見ればなにひとつ問題のない新婚夫婦に見えた。

いよいよ明日は伯爵家に里帰りをするという日、リュシュアンの指示で戴冠式に身につけるドレスの試着のためにお針子たちが王宮からやってきた。

戴冠式のあと王妃であるジゼルの正式なお披露目もすることになっていて、その日はローブデコルテを身につけると聞かされていた。

ウエディングドレスと同じサイズですでに大まかな仕立ては終わっていて、最後の微調整をするのだという。他にもそのあと開かれる舞踏会や茶会のために用意したドレスも一緒に

運ばれていて、ジゼルはその一枚一枚に袖を通すことになった。

もちろんリュシュアンも同席していて、ジゼルよりも丹念に品定めをしている。

最初に袖を通したのは、戴冠式用のローブデコルテだった。オフホワイトの襟ぐりが広めに開いたノースリーブのドレスで、重たげなシルクの生地には精巧な刺繍が施されている。

これに宝冠と揃いのネックレスを身につけ、二の腕まである長い手袋をはめるのが正装で、当日はブルーのサッシュに王妃としての身分を現すメダルをつけると説明された。

別に短いボレロ型の上着も用意されていて、襟はフワフワとした白い毛で縁取られていた。

「ああ、よく似合っているじゃないか」

褒め言葉に思わず唇を緩めると、お針子の責任者である一番年嵩《としかさ》の女が首を傾げた。

「ですが、少々丈が長いようでございますね。ウエディングドレスと同じように仕立てたつもりでしたが」

お針子の仕立てにはなんの問題もない。ジゼルより背の高い姉の寸法で仕立てているのだから、それをジゼルが身につければこうなることはわかっていた。

「そういえばいつも踵の高い靴ばかり履いているな。結婚式のときもそれで転びそうになったのだろう」

「あ、あれは……陛下との身長差をちょうどよくするために……」

「わざわざそんなことをする必要ない。無理に高い靴を履くと身体に負担がかかると聞くし、ドレスの丈を調整して踵がそれほど高くない靴に合わせればいい」

自分のドレスならジゼルも喜んでそうしただろう。しかし実際にこのドレスを着るのは姉のフランソワーズなのだ。

「で、でも私は陛下と並んだときに少しでも見劣りがしないようにしたいのです。それに見栄えの悪い女では、陛下も恥ずかしく思われるはずですわ」

「俺があなたのことを恥ずかしいと思うと思っているのか？」

珍しくリュシュアンの口調が厳しくなり、緑の瞳に険しい光りが浮かぶ。

「そうではありません。私は陛下に恥をかかせたくないと申し上げているのです」

「……どうしたんだ？　今日のあなたは随分と頑固だ」

従順な姉のふりをしていたジゼルは、これまでリュシュアンの勧めにほとんど逆らったことなどなかった。こんなふうに喧嘩《けんか》腰のやりとりになるのは初めてだから彼も驚いているのだろう。

けれどもこれを受け入れてしまったら、入れ替わることになったときフランソワーズが恥をかくことになる。だからこそ譲ることはできない。

いつもとは違う様子にリュシュアンが訝しむような表情で見つめてきて、引くに引けないジゼルはどうしていいのかわからなくなる。

「ではこうしたらいかがでしょう」

黙り込んでしまったジゼルに、お針子たちの責任者である年嵩の女性が助け船を出した。

「お披露目は王妃様が主役ですし、ここでお決めにならずご満足行くようゆっくり話し合われるお時間を持たれては？　幸い裾のお直しでしたら前日でも十分間に合いますから、よろしければ本日は低い踵の靴の丈で印の針だけ打っておきましょう」

「それがいい」

最初に同意したのはもちろんリュシュアンで、それに倣ってお針子たちも頷いたので、これ以上ジゼルが我を張り続けることはできなかった。

それにこのドレスが必要になる頃には真実が明らかになっているから、ジゼルがなぜ裾を短くすることを拒んだのか理解し、リュシュアンも直さなくてよかったと思ってくれるだろう。

そのあとの試着は大きな悶着《もんちゃく》もなく進んだので、ジゼルはホッと胸を撫で下ろした。

しかし時間が経つにつれてお針子たちの前でリュシュアンに口答えをしたのはよくなかったのではないかと思い始め、試着のあとリュシュアンが侍女たちにお茶の支度を言い付けるのを見て心を決めた。

ローテーブルにティーカップとともに焼き菓子やサンドイッチの軽食が並べられ、支度を終えた侍女が出ていったのを見て、ジゼルは恐る恐る口を開いた。

「リュシュアン様……あの、先ほどは……」

「あなたと言い合いをしたのは初めてだな」

どう切り出せばいいかわからず口ごもってしまったジゼルに、意外なことにリュシュアンは笑顔を向けた。特に怒った様子もなくソファーで寛ぐ様子に励まされ、ジゼルは頭をさげる。

「……生意気なことを言って申し訳ございません」

「別に怒っているわけじゃないぞ。前にも言ったが、俺は大人しいだけの女は好きではない。あなたがちゃんと理由があってすることなら……」

リュシュアンはそこで言葉を切るとジッとジゼルの瑠璃色の瞳を覗き込み、小さな手に自分のそれを重ねた。

「俺はちゃんと受け入れるつもりだ」

「……」

リュシュアンの緑の瞳に見つめられ、本当のことが口をついて出てしまいそうになる。彼にこうして無条件の信頼を向けられ、優しくされればされるほど、嘘をついていることが辛くなる。

フランソワーズは幸せだ。彼女はリュシュアンを好いてはいないが、こんなにも無条件で愛してくれる人がいるのだから。乳母には悪いが、姉が見つからなければよかったのになどと、ひどいことすら考えてしまう。

「どうした？　泣きそうな顔をして」

感極まったジゼルはいつの間にか涙ぐんでいたらしく、慌てて顔を背ける。

「申し訳ございません。自分の愚かさが恥ずかしくて……」

「だから怒っていないと言っただろう」

「……」

いっそ二度と自分のことを忘れられないように、憎まれるぐらい彼を怒らせてしまいたい。そんなできもしないことを考えてしまうほど、ジゼルの気持ちは追い詰められていた。

ジゼルが背を向けたまま鼻を啜り上げ、なんとか涙を堪えようとしていたときだった。

「仕方ないな。では泣いてしまえ」

「……え？」

なんの聞き間違えかと、つい振り返ってしまう。

「泣きたいときは我慢しない方が精神衛生上いいそうだ」

リュシュアンはそう言うとジゼルに向かって両腕を広げた。

「……」

「ほら、来い。泣くなら俺の腕の中にしろ」

その言葉にジゼルの中で押さえ付けていた感情が溢れ出し、これ以上涙を我慢することができなくなって、気づくとその広い胸に身を投げ出していた。

「ふ……ううっ……う……ふぅっ……」

堰《せき》を切ったように次から次へと涙が溢れてきて止まらない。自分は心からリュシュアンを愛していて、明日彼と別れなければならないことや、一瞬でも姉を疎んじてしまった醜い気持ちもすべてがごちゃ混ぜになって気持ちが高ぶってしまう。

リュシュアンからみればただの意見の食い違い程度のことでこんなに泣くなんておかしいと思うはずだ。しかしそうわかっていても、ジゼルは涙を止めることはできなかった。

「よしよし。随分と我慢していたみたいだな。これまでも言いたいことがあったのに我慢してきたんじゃないのか」

幼い頃姉にあやされたときのように、リュシュアンの手がジゼルの背中を優しく撫でる。

広い胸に守られ、このひとときは彼を自分だけのものだと思うことができた。

どれぐらい泣いていたのかわからないが、カップに注がれた紅茶もティーポットのお湯すらもすっかり冷めてしまった頃、ジゼルはなんとか涙を収めた。

子どものように泣きじゃくってしまったことが今さらながらに恥ずかしくて、俯いたまま
リュシュアンの、胸から顔を上げた。

「……失礼しました」

その様子が面白かったのか、頭の上でリュシュアンがクスリと笑うのが聞こえた。

「お茶がすっかり冷めてしまったな。新しいものを用意させるか」

呼び鈴を鳴らそうとするリュシュアンの手をジゼルが慌てて押さえる。

「どうした？」

「あのリュシュアン様さえよければ、もう少し後に……たくさん泣いてしまったのでひどい顔をしていると思うのです。きっと乳母が大騒ぎすると思うので」

「なるほど。しかしあなたの泣き顔はなかなか愛らしくて、男の嗜虐心《しぎゃく》を煽るぞ」

「しぎゃく……？」

「もっと虐めて泣かせたくなるという意味だ」

「な……！」

言葉の意味を理解したジゼルが目を見開くと、リュシュアンはニヤリと笑ってジゼルの赤くなった頬に唇を押しつけた。

「ほら、菓子を食べろ。女性は甘いものを食べると元気になるのだろう」

リュシュアンらしい励まし方に、ジゼルは微笑んで頷き、テーブルの焼き菓子を指で摘まんだ。

「明日からしばらくあなたに会えないと思うと寂しいな」

隣で冷めた紅茶に口を付けていたリュシュアンが呟いた。

「……申し訳ありません」

「あやまるんじゃない。俺が出かけていいと許したのだ。だが、俺がいないところで泣くなよ」

リュシュアンはそう言って笑うと、焼き菓子を頬張《ほおば》ったジゼルの頭を撫でた。

その手の温かさに、本当に彼を騙したまま別れてもいいのだろうかという、もう何度も自問した言葉が頭の中で色濃く浮かび上がった。

そのあとのリュシュアンは、ジゼルの涙など見なかったかのようにいつも通り振る舞ってくれた。それはひとときジゼルの気持ちを軽くしたが、彼の優しさに抱えていた罪の重さをこれ以上ないというぐらい自覚させられ、時間が経つにつれてさらに気持ちが追い詰められていく。

就寝の時刻が近付くにつれて、ジゼルの気持ちは本当のことをすべて彼に話す方向に傾いていた。それは彼に許しを請うのではなく、彼の愛情と信頼を裏切った自分を断罪してもらうためだ。

いつものように小さな寝室で寝支度を終えたジゼルが夫婦の寝室に入っていくと、リュシュアンはすでにベッドの上に横たわっていたが、ジゼルの気配に半身を起こした。

「お休みになっていたのに、申し訳ございません」

「まだ眠っていないから大丈夫だ」

そう言いながら上掛けを捲り、ジゼルもベッドに入るよう促す。

夫婦のベッドは大人が四、五人並んで寝られるほどの余裕があるのに、リュシュアンはいつもジゼルを自分のそばに引き寄せる。ジゼルもその腕に抱かれて眠ることにすっかり慣れていたが、ここ数日はそれが辛くてならなかった。

リュシュアンは里帰りの件を提案した日の夜からジゼルに性的な意味で触れなくなり、今もそれが続いていたからだ。

「明日からあなたが隣にいないのは寂しいな」

リュシュアンはジゼルの額に口づけると、昨夜と同じようにジゼルを抱いたまま目を閉じた。ジゼルも一度はそれに倣って目を閉じたが、やはり今夜はこのまま眠れそうにない。

我慢できずにジゼルが再び目を開けると、意外なことにこちらを見つめるリュシュアンと目が合った。

「……」

リュシュアンも眠れないのだろうか。言葉もなく見つめ返すと、大きな手がジゼルの栗色の髪を撫でた。

愛おしむような優しい仕草に、ジゼルはやはり嘘をついたまま、フランソワーズとして彼と別れることはできないと思った。

もそもそと彼の腕の中から抜け出し、隣に座って両手を重ねる。

「どうした。眠れないのか？」

緑の瞳に見上げられ一瞬決心が揺らいだけれど、やはり黙ってはいられない。

「陛下、お話がございます」

ジゼルの改まった口調にリュシュアンはわずかに眉を上げた。

「昼間のことなら気にしなくていいと言っただろう。明日は早いのだから早く休め」

「いいえ。どうしても今宵《こよい》聞いていただきたいことがあるのです」

固い決心のために青ざめ、唇を引き結んだジゼルのただならぬ様子にリュシュアンも真顔になり、話を聞くために起き上がった。

7　告白

　改めてリュシュアンと向きあった途端、緊張のあまりカアッと頭に血が上っていくのがわかる。自分から話を聞いて欲しいと切り出したものの、気持ちが昂ぶってしまい膝の上で重ねていた手が小刻みに震えていた。

「どうやら俺があまり喜ばない話のようだな」

　リュシュアンは静かな声で言うと、ジゼルの震える手に自分のそれを重ねた。その温かさにジゼルの緊張がわずかに緩む。

　彼の言う通り喜ばしい話ではないが、気づかってくれる彼には誠意を込めて、すべてを一息に話してしまった方がいい。ジゼルは自分で自分を励まし、静かに話の口火を切った。

「あの……私の話を聞いてお怒りになると思いますが、どうぞ最後まで話を聞いてください。すべてを聞いていただいたあとでしたら、どんな罰であろうと甘んじて受けさせていただきますので」

「随分と物々しいな。わかった。あなたの話を最後まで聞くと約束しよう」

重ねられていた手をギュッと握りしめられて、これから傷つけようとしている人に励まされてしまう。

「わ、私は……フランソワーズ・ブーシェではございません」

あまりにも緊張していたせいで、ジゼルは上擦った声で最初の言葉を口にした。

「陛下が謁見で一目惚れなさったフランソワーズは私の姉で、私は……妹のジゼルと申します」

本当の名を口にした途端危うく涙が溢れそうになったけれど、必死で我慢する。自分は泣いて許しを請う立場ではないのだ。

「父は間違いなくブーシェ伯爵ですが、私の母は父の領地にある農場主の娘で……私は平民の娘なのです。幼い頃に母が亡くなり伯爵家に引き取られました。身内の恥を晒《さら》すようで恥ずかしいのですが……義母は外の女性に子どもを産ませた父に腹を立て、私を伯爵家の娘として認めてくれなかったので、世間的にはいないものとされて伯爵家で育ちました。あ、でも姉や乳母、屋敷で働いている人たちは優しくしてくれたので、虐められていたわけではないんです」

ジゼルは慌てて最後の言葉を付け足した。

時折辛く当たられることもあったが、それは妻以外の女性に子どもを産ませた父の責任なのだから、義母が悪く思われては困る。彼女も被害者なのだ。

「それで……どうして本物のフランソワーズではなく、あなたがここにいるんだ」

ずっと黙っていたリュシュアンの問いに再びジゼルが口を開く。

「陛下との婚約が決まり、姉はずっと花嫁修業をしたり、教会でのボランティア活動に精を出したりして過ごしていました。ですが……姉はある日姿を消してしまったのです。教会の牧師様の息子さんと恋に落ちて、その方と駆け落ちをしてしまったのです。結婚式は一週間後に迫っていて、外国行きの船に乗ってしまった姉を連れ戻すのは間に合わず、両親は姉に似ている私にフランソワーズとして嫁ぐことを提案し、私がそれを受け入れました」

「伯爵に強制されたのか」

姉のことや伯爵家の未来を盾に取られ脅されたのは本当だが、最終的に身代わりになることを決めたのは自分だ。

「い、いいえ！　父は花嫁に逃げられたと陛下の評判に傷がつくことを恐れて」

「外の女性に産ませたとはいえ、仮にも血の繋がりのある娘が虐げられていても気にしなかった男に、それほどの気遣いができるとは思えないが。案外娘が駆け落ちしたと騒がれ、伯爵家の名に傷がつくことを恐れていたのかもしれないな」

リュシュアンの辛辣な言葉に、彼が静かに怒っていることを感じた。ジゼルが最後まで話を聞いて欲しいと頼んだから我慢してくれているのだろう。この告白で伯爵家になんらかの制裁が与えられるのは間違いないが、もうひとつだけ頼んでおきたいことがあった。

「実は私が里帰りをしたいと申し出た理由はそこにございます。父は姉を外国から連れ戻し、私と入れ替わらせて王宮に戻そうとしております。でも姉には好きな人と一緒になって欲しいのです。勝手なお願いではございますが、姉のことは諦めていただけないでしょうか」

リュシュアンには申し訳ないが、ジゼルにとって姉は特別な存在だ。あのとき彼女が庇ってくれなければ、自分は階下の住民となり、教育を与えられず伯爵家の使用人として働かされていただろう。いわばフランソワーズは恩人で、今こそその恩返しをしなければいけないのだ。

「あなたは伯爵や姉のことばかり気にしているようだが、自分自身はどうするつもりなんだ」

「わ、私は……」

「もう一度俺の妻の座に戻るつもりだったのか？」

「いいえ！　とんでもありません。何度も申し上げておりますが、私は本来なら陛下にお目通りも叶わないような平民の娘です。お許しいただけるのならどこへなりと姿を消しますが、もし罰を与えるというのなら陛下を騙していた私の責任ですから、どうか私ひとりに罰をお与えください。これまで嘘をついていて、本当に申し訳ございませんでした」

ジゼルはそれ以上リュシュアンの温《ぬく》もりを感じているのが辛くて、握りしめられていた手を引き抜き彼に背を向けた。

「……どこへ行くつもりだ」

「逃げるわけではありません。本当なら今すぐにここを出ていった方がいいのでしょうが、こんな時間に使用人たちを騒がせては可哀想ですから、どうか一晩だけ堪えていただけないでしょうか。私は隣におりますので」

リュシュアンの返事を待たずベッドから降りようとしたジゼルの肩が強い力で引き戻される。

「待て。今度は俺が質問をする番だ。戻ってここに座るんだ」

いつもより乱暴に二の腕を摑まれ、さっきまで座っていた場所に引き戻されてしまう。

「ひとつ確認しておきたいのだが、あなたは伯爵家が所有しているクライシスの別荘に行ったことは？」

仕草のわりに言葉は落ち着いていて、リュシュアンの問いに素直に頷くことができた。

「はい……毎年夏の暑い時期に姉と一緒に二週間ほど過ごしていましたが」

なぜ彼が突然そんなことを言い出したのかわからず首を傾げる。しかし次の言葉に息が止まりそうになった。

「そこで散歩をしているときに、馬を連れた男と出会わなかったか。そう、馬番のような服装をして葦毛を連れた男だ」

「……そん、な……」

パッと頭の中が真っ白になって、そこにいくつかの出来事が浮かび上がっては消えていく。

やっとリュシュアンの言葉を理解したジゼルは小さく息を飲んだ。嬉しいのか、それとも恐ろしいのかもわからないけれど、驚きのあまり身体が小さく震え始めるのを止めることができなかった。

「……お、覚えていらっしゃったのですか？」

ジゼルの脳裏には、森で水遊びをしていたとき彼に声をかけられたことが色鮮やかに浮かび上がっていた。

結婚式で顔を見たときもそのあとも彼がなにも言わなかったから、自分のことなどひととき の戯れで、すっかり忘れてしまっているのだと思ったのだ。

まだリュシュアンがあのときのことを言っているのか信じられず、ジゼルは彼の顔を穴が開くほどジッと見つめてしまう。

「当たり前だ。俺はあのときあなたに一目惚れをしたんだ」

「……っ」

「あの翌日、俺はあなたが来てくれるのをずっとあの場所で待っていたんだぞ。だが夕方になってもあなたは姿を見せなかった」

リュシュアンの言葉を聞き、別れ際彼に言われた言葉を思い出した。あのときもう一度彼に会うために森に行っていたらこんなややこしいことにならなかったのだろうか。

しかし十四歳だったジゼルには、自分の存在が外に漏れないようにするために、リュシュアンに二度と会わないことを選ぶしか方法がなかったのだ。

「私は……表向きは伯爵家にいないものとされていたんです。もしあなたにどこの家の者なのか問いつめられたら、世間を騒がせてしまうことになると思って……会いに行くことはできませんでした」

「だが、俺はすぐにあなたの素性を調べさせた。話し方や服装からどこかの貴族の娘であることは見当がついていたからな。そしてあの時期にクライシス周辺の別荘に来ている令嬢を調べたらブーシェ家にたどり着いた。伯爵家の娘といえば……ここにはいないあなたの姉のことだったのだろう?」

ジゼルはこくんと頷いた。

「ちょうどその娘が社交界にお目見えすると聞き、謁見で遠見をして間違いないと思った。

化粧もしているし立派なドレスは着ていたが、一人娘だと聞いていたから、すっかりフランソワーズがあなたなのだと思い込み結婚を申し込んだのだ」

「では……リュシュアン様は最初から私を望んでくださっていたのですか？」

本当にそんなことがあるのだろうか。あの日一度会ったきりの、どこの誰ともわからない自分を、リュシュアンが探してくれていたなど考えもしなかった。

「もちろんだ。俺のオンディーヌはあなただけだ。何度もそう言っただろう」

「あ……あれは……私、リュシュアン様が私のことを忘れているのだと思って、女性なら誰にでも俺のオンディーヌとおっしゃっているのだと思っていました」

ついさっきまですべてを終わりにする絶望で胸がひき裂かれそうだったのに、今はリュシュアンが自分を愛してくれているかもしれないという期待に胸が膨らんでくる。

「俺をこんなにも夢中にさせておいてひどい女だ。あなたと今の姉君がどれほど似ているかはわからないが、俺が代わりの女をあてがわれて気づかないと思ったのか？」

「い、いいえ……美しい姉を見たら、間違いなくリュシュアン様が私との違いにお気づきになるとわかっていました。ですからこうしてお話をさせていただいたのです」

そうだ。姉の幸せを案じていたのは本当だが、姉が王宮に入ったとき彼が美しい姉を気に入ってしまうことが怖かったのだ。

ジゼルが自分の本質にある浅ましさに気づき、恥ずかしさを覚えたときだった。

「ジゼル」

突然そう名前を呼ばれてジゼルの心臓が大きく跳ねた。彼に本当の名前を呼ばれるのは初めてだったからだ。

「……それが、あなたの本当の名前だったな」

熱っぽい少し掠れた声に、心臓の音が速くなるのを感じながらジゼルは小さく頷いた。

「ジゼル、愛している」

その言葉を聞いた瞬間カッと頭に血が上り、呼吸の仕方を忘れてしまったかのように息ができなくなった。一生聞くことはできないと思っていたジゼルへの愛の言葉が信じられず、呆然として彼の顔を見つめてしまう。

「……」

自分はきっと都合のいい夢をみているのだ。そう言い聞かせるけれど、ジゼルの腕に触れているリュシュアンの手からは間違いなく彼の体温が伝わってくる。

「あなたは言ってくれないのか？」

リュシュアンの焦れたような声が、本当に彼に自分の気持ちを伝えていいのかとジゼルを困らせる。

「でも……だって……」

　無意識に首を横に振ると、リュシュアンが苛立ったように言った。

「いい加減、俺に気を持たせるのはやめてくれ。毎晩あんなに乱れて俺に身を任せていたのは身代わりとしての勤めで、俺を好きだからじゃなかったんだな？」

「ち、違います！　私は身代わりになることは正直乗り気でありませんでした。でも結婚相手があなただと知って……姉には申し訳ないのですが、喜んでしまったのです」

「喜んだ？」

「ええ。あ、相手が……初恋の人だったので……」

　ジゼルはそう口にした途端恥ずかしさがこみ上げてふいっと視線をそらす。するとリュシュアンの腕がジゼルの身体をさらい、広い胸の中に引き寄せた。

「……っ」

　いつもの優しい抱擁とは違う。息もできないほど荒々しく抱きしめられて、ジゼルの身体が甘く震えた。

「ジゼル。早く俺を愛していると言え」

　乱暴なのに、こんなにも胸が膨らむ言葉はない。ジゼルは半ばもがくように顔を上げ、食い入るように彼の顔を見つめた。

「あの……お許しいただけるのですか?」

小さな声で尋ねると、男の表情がこの上なく不機嫌になった。

「許すはずがないだろう。あなたは俺のことを騙したのだ。一生俺のそばにいて罪を償うんだ」

「はい。一生おそばにおいてください。リュシュアン様……あ、愛しています……」

ジゼルの最後の言葉に仏頂面が消え、緑の瞳にはいつの間にか甘やかな光りが戻っていた。

「やっと言ったな。まったく……俺の奥さんはとんだ頑固者だったようだ……だが、それも俺好みだ」

リュシュアンは掠れた声で囁くと、ニヤリ歪められた唇でジゼルの赤い果実のような唇を塞いだ。

「ん……っ」

すぐに濡れた舌が滑り込んできて、ジゼルの小さいけれど敏感な舌に擦りつけられる。

「は……んぅ……」

ぬるつく舌で内頬や口蓋を撫でられ、背筋を憶えのあるゾクリとした刺激が駆け抜ける。

何度も繰り返したはずの口づけなのに、今日はいつも以上に淫らに感じて腰の辺りがムズムズしてしまい、自然とジゼルの唇からは甘ったるい声が漏れてしまう。

「んぅ……は……ん、んん……っ……はぁ……っ」

鼻を鳴らすようなジゼルの声とともに、ふたりの間からはくちゅくちゅと卑猥な水音が漏れる。

淫らすぎる口づけにうまく呼吸ができず、子どもがいやいやをするように首を振ると、頭を抱え込まれさらに深くまで舌をねじ込まれてしまった。

「……んぅ……んんぅ……っ」

口腔に溢れた唾液を啜り上げられ、それでも足りないのか小さな舌も吸われて、最後は半ば酸欠状態でぐったりと男の胸にもたれかかった。

「はぁ……ん……はぁ……っ……」

唇を解放され、ジゼルの唇から切なげな吐息が漏れる。そのままどちらからともなくベッドの上に倒れ込んだ。

「もう二度と……俺を騙そうとするなよ」

リュシュアンは呟きながらジゼルのほっそりとした身体を抱きしめ、濡れた唇で顔中に口づけていく。

「もちろん、です……二度と……あなたに嘘を、ついたりしません」

「ジゼル。やっと……俺のオンディーヌを手に入れた」

ギュッと頭を抱え込まれて、ふたりはこれ以上ないくらいぴったりと寄り添い、お互いの体温を確かめ合った。

王を謀った罪でよくても投獄か国外追放、悪くすれば死罪にされてもおかしくないと覚悟していたのに、このわずかな時間の間に自分の運命はすっかり変わってしまった。

ジゼルと愛する男がいるフランソワーズにとっては喜ばしいことだが、両親は、特に義母が納得するとは思えない。リュシュアンに許されたからといっても、すべてが解決したわけではないのだ。

抱きしめられたままベッドに横たわったジゼルが、頭の隅でそんなことを考えたときだった。

「それにしても、俺の子を宿したかもしれない身体で姿を消そうとするなんて無謀すぎるぞ」

「リュシュアン様の……お子？」

ジゼルはリュシュアンの腕の中でしばし呆然として、それから信じられない気持ちで自分の身体を見下ろした。

確かに毎晩何度もリュシュアンに抱かれ、そのたびに彼の吐精を浴びていたのだから、あり得ない話ではない。その考えに思い至りもしなかった自分の幼さに恥ずかしくなる。

「それはまったく考えていなかったという顔だな」

「も、申し訳ございません」

「いいや、許さん。あなたは俺に抱かれながら俺の子を産むことを考えたこともなかったのだ。普通なら愛する男の子を欲しいと思うものだろう。つまりあなたはそれほど俺のことを愛していないということだ」

拗《す》ねた子どものようにムスッと顔を曇らせるリュシュアンに、ジゼルは慌てて首を横に振る。

「ち、違います！」

「いいや、違わない。その点についてはこれから時間をかけてあなたの身体に聞くことにしよう。あなたは一生俺のそばにいると約束したのだから、時間はいくらでもあるからな」

そう言うとリュシュアンは素早く身体を起こしたかと思うと、ジゼルの小さな身体を組み敷いてしまった。

「今夜は楽しい夜になりそうだな」

リュシュアンはジゼルの怯えて泣き出しそうな顔を嗜虐的な笑みを浮かべ見下ろすと、薄く開いた唇を乱暴に塞いだ。

「やぁ……も……ゆる、し……んんぅ……っ」

化粧を落とすとたちまち幼くなるジゼルの愛らしい顔が、快感と苦痛に歪む。背後から痛みを感じるほど強く胸の膨らみを揉《も》み上《あ》げられ、何度も捏ね回された乳首はジンジンと熱を持ってしまっている。

シーツの上に俯《うつぶ》せにされお尻だけを引き上げられた格好で、熱い肉竿で背後から深々と身体を貫かれていた。

ジゼルの涙混じりの懇願など聞こえないかのように、グチュグチュといやらしい音をさせながら、滾った雄が蜜壺をかき回す。

「んぁ……っ、あっ、あぁ……んん……ぅ……」

愉悦のあまり眦から溢れた涙は、白くなるほど指をくい込ませたシーツに吸い込まれていく。

ジゼルを組み敷いたリュシュアンはすぐに身体を覆っていた薄いネグリジェを剝《は》ぎ取《と》り、白い姿態にくまなく舌を這わせて、ジゼルをすっかり蕩けさせてしまった。

ここ数日リュシュアンに触れてもらえなかった身体はその愛撫に歓喜して赤く色づく。最初はやっと彼に触れてもらえることに喜びを感じていたジゼルだったが、すぐに様子がいつもと違うことに気づいたこれまでも激しくジゼルを抱くことはあったけれど、行為に慣れないジゼルが怖がらないようゆっくりことを進めてくれていたのに、今日は口づけひとつとっても荒々しいのだ。

かといって抵抗するなど思いつかないジゼルは、リュシュアンの愛撫にされるがままになっていた。

リュシュアンが激しく腰を振るたびに、ふたりの肌がぶつかり合う乾いた音と蕩けた膣孔から溢れる蜜がこね合わせられる淫らな音が響き渡る。

「んぅ……あ……あぁ……っ」

以前にも背後から挿入されたことはあったが、今夜のような荒々しいリュシアンにそれをされるのは少し怖い。

「もっとだ、もっと啼いてみろ」

リュシュアンは熱を帯びた声で呟くと尖りきった乳首をギュッとひねり、その刺激にジゼルの膣壁が大きく戦慄いた。

「……っはぁ……っ、いいぞ、胎内がしまってきた」

リュシュアンはもう一方の手もジゼルの感じやすい淫唇に潜り込ませ、指先で敏感な肉粒を捉えてくにくにと捏ね回し始めた。

「……やぁ……っ……いっしょ、しな……で……ッ……」

膣孔を犯された状態で感じやすい乳首と花芯を同時に刺激されては、ジゼルの理性などドロドロに溶かされてしまう。

嬌声を上げる唇はだらしなく開いて、そこからは止めどなく唾液が伝い落ちる。指先でグリッと花芯を抉られ、ジゼルは一際高い嬌声を上げた。

「あっ、あっ……あぁぁ‼」

無理矢理高みに追い上げられたジゼルが、背中を大きく仰け反らせて喜悦の声をあげると、胎内でびゅくびゅくと白濁が吐き出される。

その刺激に閃光《せんこう》が走ったように目の前が真っ白になり、ジゼルはしがみつくようにシーツに顔を埋めた。

「……ひ……ん……ぅ……」

いつまでも内壁の震えが収まらず背中を戦慄かせるジゼルを押しつぶすように、リュシュアンが覆い被さる。背後からギュッと抱きしめられ、赤くなった耳朶に歯を立てられる。

「あ……ん……」

「わかるか。身籠もりやすいようにあなたの一番深いところで出したぞ。自分が俺の子を身籠もることができるただひとりの女だということを忘れるな」

リュシュアンは耳元でそう囁くと、ジゼルの胎内からずるりと雄芯を引き抜いた。

「……ひぅ……ん」

白濁が太股を伝い落ちるわずかな刺激にも、すっかり敏感になった身体が震えてしまう。

「だめじゃないか、こんなに零して」

つつっと指で白濁の軌跡をたどられ、身体がブルリと震える。こんなにも溢れてくるのはジゼルが悪いのではなく、リュシュアンがたっぷりと精を胎内に注ぎ込んだせいだ。

それなのにリュシュアンはとんでもないことを口にすると、力尽きていたジゼルの身体をクルリと仰向けにする。

「仕方がないからもう一度胎内で出してやる。今度は零すんじゃないぞ」

その言葉に閉じていた瞼をあげ、目の前の光景に目を見開く。そこにはたった今射精して萎えたはずの肉棒が隆々と存在を主張していたからだ。

「う、そ……」

リュシュアンに抱かれるようになってなんとなく男性の身体の生理的なことを理解するようになったが、一度吐精したあとはすぐに挿入できるようになるまで時間を空けなければいけないらしい。

もちろんこれまで一晩に続けて抱かれることもあったが、こんなにも早く回復しているのは見たことがなく、まだ先ほどの吐精の余韻に震えるジゼルには信じられなかった。

やはり今日のリュシュアンはいつもと違う。思わず身の危険を感じて首を横に振ったけれど、無情にもジゼルの両足が抱え上げられ、大きく開かされる。

「まって……も、むり、です……」

身を捩って逃げようとするが両足を摑まれていては、できることなどなにもない。

「一度で終わると思っているのか。何日お預けを食らっていたと思っているのだ。ずっと愛する女を目の前にして我慢を強いられていたのだから挿れさせろ」

リュシュアンは勝手なことを言いながらさらにジゼルの足を大きく開かせると、肉竿で一息にジゼルの身体を貫いた。

「ひぁああっ！」

ずっぷりと深いところに肉竿をねじ込まれたが、たった今注がれた白濁が潤滑油代わりとなり痛みはない。雄芯は一度目と変わらず硬く張りつめていて、柔らかく解《ほぐ》れた粘膜と絡み合っていた。

「はぁ……っ」

リュシュアンが漏らした溜息は切なげで、ジゼルは思わず手の伸ばしその頰に触れた。

「……どう、して……？」

滾った雄に貫かれているせいで、声に変な力が入ってしまう。

「なにがだ？」

「だって……ずっと、私に触れなかったのに……」

もう自分に飽きてしまったのだと思って落ち込んでいたのに、いきなりこんなふうに激しく抱かれるのが不思議でならない。なにか理由があるのなら教えて欲しかった。

ジゼルの言葉の意味を理解したリュシュアンは、苦しげに歪ませていた唇をわずか緩めた。

「あなたがなにか隠していたから、考える時間を与えようと抱くのを我慢していたが、中々の苦行だったぞ。その分今日はたっぷりあなたを堪能させてもらおうと思っているだけだ」

リュシュアンは楽しくてたまらないという顔で、雄芯でジゼルの蜜穴をぐるりと押し広げる。

「あぁ……ン!!」

つまりリュシュアンはジゼルが告白するのを待っていたということだろうか。彼に飽きられたのではないかと葛藤し、身代わりである自分の立場からそれを問いつめることもできず悩んでいたのだ。

ジゼルの様子がおかしいと気づいていたのになにも言わなかったと知り、しかも悩んでいる様子をただ見ていたと聞かされ、自分が彼を騙していたことも忘れて憎らしくなってしまう。

ついつい彼を恨みがましい目で見つめたとしても許されるだろう。なぜならリュシュアンはそんなジゼルの批難など気にも止めず上機嫌でさらにひどいことを言うからだ。

「もしかして俺に腹を立てているのか？　そんな目で見つめても無駄だ。さらに虐めて泣かせたくなるだけだ」

リュシュアンはニヤリと唇を歪めると、折り曲げた膝頭に手を置き、激しく胎内を突き回し始めた。

「ふぁぅ……んんっ……あ、あぁ……っ……」

シーツに身体を押しつけ激しく身体を揺さぶられ、最奥を抉られる刺激に足のつま先が引き攣る。

抽挿されるたびにジゼルの唇からは甘ったるい嬌声が漏れて、蜜孔から押し出された粘着質の蜜がグチュグチュと音を立てた。

雄芯にひどく感じてしまう場所を突かれて、ジゼルは一際高い嬌声を上げてしまう。

「やぁ……も、おかしく……なる……ぅ……っ」

「今夜は泣いてもやめてやらないぞ。あなたは可愛い顔をして俺の心を傷つけたのだから、その身体で償うんだ」

「ちが……んんぅ……やだぁ……ン……」

すぐにジゼルの嘘に気づいていたのだから、傷ついてなどいないのにわざと意地悪を言って、ジゼルが困るのを楽しんでいるのだ。

「違わない。ほら、今度こそ全部零すんじゃないぞ」

リュシュアンは激しく腰を振りたくり、ジゼルが腕の中で意識を失うまで、熱く迸《ほとばし》る体液を何度も撒《ま》き散《ち》らした。

8　断罪のとき

ふたりでお互いの気持ちを確認し合った翌日、ジゼルは予定通り伯爵家に里帰りするために馬車に揺られていた。

こうなった以上両親にすべてが明るみに出た経緯を説明するのは自分の役目だし、なによりフランソワーズに会ってもうなにも心配することはないのだと知らせたかった。

髪を巻くことはないと言われてからはずっと直毛のまま飾らずにいたけれど、実家に帰るのにどうしたものかと思案しているところにリュシュアンが姿を見せた。

朝の公務を終えたリュシュアンは一緒に伯爵家に行くと言い出し、もう姉を真似る必要はないと髪を巻くことも止められ、彼が選んだ一際豪華なドレスで馬車に乗り込んだ。

本当なら乳母とふたりで里帰りをする予定だったが、リュシュアンの命令で彼女は離宮に留まることになった。

しかし、リュシュアンはいつからジゼルがフランソワーズではないと疑い始めたのだろう。

ジゼルは隣に座る夫の横顔を見つめた。

思いあたるとすれば、結婚式の翌日だ。

それまではジゼルのことをフランソワーズと呼んでいたのに、翌日からは一切名前で呼ばれなくなった。それまでは彼に姉の名前で呼ばれるたびに傷ついていたのだから間違いない。

「リュシアン様、昨夜は聞き逃してしまったのですが、いつから私がフランソワーズではないとお気づきになったのですか」

「そのことか。どうやらブーシェ家の家人は迂闊《うかつ》な人間が多いようだぞ。俺たちが結婚式を挙げた日には、すでに市井では伯爵令嬢が男と駆け落ちし、それを家人が探していると噂になっていた。エルネストがそれを聞きつけて俺に知らせてきたんだ」

確かに船で逃げた姉を探すために、父が家人に港で聞き込みをさせていたはずだ。目撃情報があったから外国へ逃げたことがわかったのだから、港にも伯爵家の人間がたくさんうろついていたのだろう。

「だが俺はあなたがオンディーヌであることを確信していたから、これはなにかあるとエルネストに調べさせたのだ。あいつは伯爵家にまつわる場所や人をすべて調べ上げ、ジゼルという存在を見つけ出したのだ。ほら、あなたが里帰りをしたいと言い出した日にエルネストがきていただろう」

「はい。まさかあのとき……」

「ちょうどその報告を受けたところだった。そしてあなたが実家に帰りたいと言い出し、俺は迷ったあげく運命をあなたに委ねることにした。あなたはきっと俺を信用して相談してくれると思ったのだ」

「リュシュアン様……」

「まさかあなたが里帰りの前日まで口を割らないとは思わなかったから、内心ヒヤヒヤしていたんだぞ」

リュシュアンは心から安堵したような微笑みを浮かべたが、すぐにその表情を厳しくした。

「だが、王を謀ったのだから伯爵は咎人《とがにん》だ。それなりの責を負ってもらうつもりだ。それにあなたひとりで行かせたら、また伯爵に丸め込まれそうだから、俺がきっちり話をつける。今日同行することにしたのはそのためだ。すべてのことに決着をつけてやるから、あなたはなにを言われたとしてもただ黙って俺の隣に座っていろ」

確かにこの騒動を思いついた伯爵の罪は重い。リュシュアンの言葉はもっともだが、護衛の兵たちとは別に馬に乗ったエルネストまで同行するのは物々しい気がする。まさか両親や姉を重い罪に問い捕縛するつもりではないかと心配になるが、リュシュアンにはその権利があるし、ジゼルにはそれを止める術がない。

決して不機嫌ではないものの物思いに耽ったようなリュシュアンの横顔にそれ以上話しかけることもできず、馬車は伯爵家の屋敷の前で緩やかに停車した。

駆け寄ってきたのはジゼルも子どもの頃から知っている従僕で、扉を開けた瞬間ギョッとしたように目を見開いて、少し離れて玄関の扉の前にいた家令が慌てて屋敷の中に駆け込んで行くのが見えた。

王妃の身代わりのジゼルが王家の馬車で里帰りをするのはいいとして、まさか王その人が姿を現すと思っていなかったのだろう。

ぎこちない仕草でお辞儀をする従僕の前に悠然と降り立ったリュシュアンは、自らジゼルを抱きあげて馬車から降ろす。そして家令すら迎えに出てこない玄関を見て顔をしかめた。

「どうやら俺は歓迎されていないようだな」

馬丁に馬の手綱を預けていたエルネストもその顔に向かって小さく肩をすくめていると、やっと玄関の扉が勢いよく開いた。

「陛下‼」

エントランスの階段を転げ落ちそうな勢いで伯爵が飛び出してきて、少し遅れて義母も大慌てでそれに従う。

「へ、陛下！　わざわざこのような場所にお運びいただけるとは思わず、お出迎えもせずに失礼いたしました」

伯爵はリュシュアンに臣下の礼をとると、ジゼルに険しい顔を向けた。

「だめではないか、フランソワーズ。陛下がいらっしゃるならちゃんと知らせねば。これでは我が家が王家を軽んじているようにとられても仕方がないではないか！　おまえはこの私に恥をかかせるつもりか。それにそのみっともない髪はなんだ！」

「も、もうし……」

伯爵の叱責に謝罪しようと口を開きかけたジゼルの前にリュシュアンの腕が差しだされ、言葉を遮られる。

「伯爵、貴公は王妃に意見するつもりか」

辺りをシンと静まりかえらせるような峻厳《しゅんげん》な響きに、伯爵がビクリと肩を揺らし息を飲んだ。

「い、いえ……決してそんなつもりは……っ……」

「この美しい髪も俺がそうせよと言い付けている。貴公らが口を出す必要はない」

「お、おっしゃる通りでございます」

「では我が王妃にも挨拶することを許そう」

こんな威圧的なリュシュアンは初めてだった。これまでにも使用人やエルネストに対して毅然《きぜん》と接するのを見たことはあったが、こんなふうに侮蔑するような態度は初めてだ。

やはりリュシュアンは身代わりを提案した伯爵に腹を立て、厳しく罪に問うつもりなのだろう。

伯爵はゆっくりとジゼルに膝を折り、リュシュアンにしたように臣下の礼をとった。

「……王妃様におかれましてはご機嫌麗しく。ようこそお越しくださいました」

ボソボソと呟く伯爵の後ろで、義母もその目に悔しげな光りを浮かべながら膝を折った。

リュシュアンとともに応接間に通され、ふたり並んでソファーに腰を下ろし、エルネストがその背後に立つ。屋敷にいてもお客様の接待を許されなかったジゼルが、ほとんど足を踏み入れたことのない部屋だ。

この部屋に最後に入ったのは、フランソワーズの身代わりを言い付けられたときだった。

屋敷でジゼルが入るのを許されていたのは自室と姉の部屋に図書室、そして伯爵に呼ばれたときだけ書斎に入るぐらいだった。

フランソワーズが一緒のときはダイニングで食事を許されたが、お客様を招くときは自室か階下で使用人たちと一緒に食事をとらされた。

重苦しい空気の中お行儀よく食べるより、使用人たちと食事をする方が気楽でなんの不満もなかったから、こうして客としてブーシェ家に招き入れられるのは不思議な感じだ。

「本日はようこそお越しくださいました」

メイドからお茶のカップを受けとった伯爵夫人が、慇懃《いんぎん》な笑みを浮かべそれをふたりの前に並べた。

「ありがとう」

リュシュアンは優雅な手つきでソーサーを持ち上げると持ち手に指を絡め、ふと思いついたように夫人を見た。

「そういえば、奥方は病気だと聞いていたが、元気そうだな」

「えっ？」

なんのことかわからない夫人は目を瞠《みは》り、リュシュアンを、そして問うようにジゼルを見つめた。

「王妃から義母上の体調が優れないから様子を見に里帰りをさせて欲しいと言われ俺も見舞いに駆けつけたが、元気そうではないか」

夫人はそこでやっと質問の意味を理解したのか、視線の端でジゼルを捉えながら加齢で下がってしまった口角を無理矢理引き上げた。

「え、ええ。実は昨日まで伏せっておりまして……け、今朝床払いをしたばかりなのです」

「ほう。それではまだ本調子ではないのだな。そのわりに顔色はよさそうだが」

「お、王妃様が来てくださると聞き、嬉しくてすっかり元気になってしまいました。それに畏れ多くも陛下までお出ましくださって、不調などを申していてはばちがあたりますわ」

夫人は中々の役者なのか、おほほっと笑い声を上げた。

「それなら王妃も来たかいがあったというものだ。なあエルネスト」

振り返ったリュシュアンにエルネストが従順そうに頷く。

「陛下のおっしゃる通りです。そういえば伯爵は、最近港町で流れる不穏な噂をご存じでしょうか」

今日はリュシュアンのお供という立場だが、本来なら侯爵であるエルネストの方が伯爵よりも身分は上だ。伯爵はリュシュアンにするように、礼儀正しく世間話に応じた。

「さてどんな噂でしょう。最近は屋敷の雑務が多く港まで出ることも少ないもので」

夫人の病気の件がうまく誤魔化され、世間話に移ったことにホッとしたのか口調に慌てた様子もなく、伯爵も紅茶のカップに口をつけたときだった。

「その噂というのが大変けしからんもので、伯爵家の娘が男と外国へ出奔したという話なのです」

エルネストの言葉に紅茶を飲んでいた伯爵が突然噎せ返る。

「な、なんのことだか……」

明らかに動揺したそぶりで、テーブルの上に派手な音を立ててカップを置く。

「どうなさいましたか？　伯爵の一人娘であるフランソワーズ様はここにいらっしゃるではないですか。他家の話に何やら驚かれているように見えますが」

「い、いえ……若い娘が、その……男と逃げるなど……ご、言語道断だと思いまして……」

伯爵のしどろもどろのいいわけに、ジゼルの隣でリュシュアンがさも楽しげにククッと笑い声を上げた。

その場になんとも言えない気まずい沈黙が流れ、その空気を取り繕うように夫人が口を開いた。

「フランソワーズ……いいえ、王妃様。是非会わせたい者がいるのですが、よろしければご一緒にあちらにお越しいただいてもよろしいでしょうか」

満面の笑みを浮かべた猫なで声と慇懃な口調に、ジゼルはゾッとして小さく手を震わせてしまう。

なんとかフランソワーズに会わせようとしているのはわかるが、まさかこの場で強引に入れ替わらせようとしているといるのだろうか。

母としてなんとしても自分の娘を王妃の座に座らせたいのだろう。憎むべき愛人の娘にそれを奪われることなど、彼女の自尊心が許さないのだ。

すでにリュシュアンはすべてを知っているのだから、もうそんなことをしても無駄だということを説明したいのに、リュシュアンは涼しい顔で出されたお茶のカップに手を伸ばしている。黙っていろと言われたジゼルはもどかしくてたまらなかった。

リュシュアンはすべてを知っている者の優越感で、その場を取り繕おうとしている愚か者たちを観察しているようだ。いつも優しくされているから気づかなかったが、実は思っていたよりも性格が悪いのかもしれない。

たとえそうだとしても決して嫌いになることができないほど愛してしまった夫の横顔を見つめていると、薄い笑みを浮かべっていた唇の両端がニヤリと吊り上がった。

「会わせたい者？　昔馴染《なじみ》の使用人か？　それは俺も気になるな。せっかくだからここに呼ぶといい」

リュシュアンの提案に、さすがの夫人もサッと顔色を変える。

「そ、そんな陛下にお目通りが叶うような者では……」

「かまわない。俺がいいと言っているのだ。それとも奥方は俺の頼みを聞くより自身の私利私欲を優先させるのが当然だと思っているのか？　それならそれでこちらにも考えがある」

「そ、そんな！　陛下のお言葉は絶対でございます。で、でも」

「いいからその者をここへ連れてこい。俺が会うべき者なのかどうかは俺自身が判断する」

国王の命に逆らうことはできないが、まさかフランソワーズ本人をここに連れてくるわけにも行かず、困惑してしまっている。

「そんなに迷うというのなら俺がその者に会いに行こう」

痺れを切らしたリュシュアンが今にも立ち上がり部屋を出ていこうとする仕草に、ジゼルはとうとう堪えきれず口を開いた。

「お父様、お義母様。申し訳ございません‼　陛下はすべてご存じなのです‼」

ジゼルの言葉に父はその場に棒立ちになり、義母は「ひっ！」と悲鳴をあげた。

「……す、すべてというのは……」

「お姉様が駆け落ちなさったことも、私が身代わりで陛下に嫁いだこともすべてです」

「そ、そんな……」

ジゼルの言葉に伯爵夫妻はその場にがくりと膝をつき、そのまま動けなくなった。

「そういうことだ。会わせてもらおうか、本当のフランソワーズに」

「……」

呆然としたまま動くことができないふたりの姿に、リュシュアンが小さく舌打ちをする。

「埒があかん。エルネスト」

リュシュアンの言葉に頷いたエルネストは、扉のところに控えていた家令を呼び寄せ何やら耳元で囁く。すると今度は家令が部屋を出ていき、程なくしてフランソワーズが応接間に姿を現した。

その姿を見た瞬間、ジゼルは姉に向かって走り出した。

「お姉様！」

「ジゼル！」

ジゼルは姉を力いっぱい抱きしめてから、もう一度懐かしいその顔を見つめた。

見知らぬ地での生活はフランソワーズを少なからず窶《やつ》れさせたようで、ふっくらとした頬のラインが引き締まったように見える。しかしそれは決してフランソワーズの美しさを損なうものではなく、わずかに儚げな様子がより彼女を魅力的に見せていた。

「これはこれは……」

背後でエルネストが口笛でも吹きそうな軽い調子で呟くのが聞こえる。フランソワーズの美しさに驚いているのだろう。

元々これほど美しい姉との入れ替わりなど無謀だったのだ。リュシュアンはジゼルを愛していると言ってくれたが、この騒動で憂いを帯び美しさを増したフランソワーズを見たら、やはり予定通り姉と結婚すると言い出すのではないだろうか。

ジゼルは不安に駆られて、チラリとリュシュアンを振り返った。

「あなたが本物のフランソワーズか」

リュシュアンの問いに、フランソワーズはジゼルから身体を離し、その場に膝をついた。

「左様でございます」

「あなたは駆け落ちしたと聞いたが夫はどうした」

「私たちは外国で結婚式を挙げましたが、ヴェルネの法律で認められていないため、夫は……牧師館に戻っております」

「随分と控えめな言い方をしているが、お父上に引き離されたということだな」

フランソワーズは小さく頷いた。

「まだその男と一緒になるつもりはあるのか？　それとも妹と入れ替わり、俺の花嫁の座に収まるか」

「と、とんでもございません。お許しいただけるのなら、私は夫と静かに暮らしたいと思っております」

「わかった」

リュシュアンは小さく頷くとジゼルの腰を引き寄せ、床に頽れたまま呆然としている伯爵夫妻を見下ろした。

「俺の花嫁は最初からジゼル・ブーシェであったことに間違いはないいな？」

その言葉に伯爵がハッと顔を上げ、ガクガクと壊れたからくり人形のように頷いた。

「では俺の考えを述べるから心して聞け。エルネスト記録しろ」

視線の端でエルネストが頷くのを確認すると再び口を開く。

「ジゼルを俺の手元に置く以上、表立って伯爵家を罪に問うわけにはいかん」

「で、ではお許しいただけるので」

一瞬喜色を浮かべた伯爵を大音声が打つ。

「痴《し》れ者《もの》！　表立ってと言っただろう。俺はジゼルを粗略に扱った貴公らを一生許すつもりはない」

リュシュアンは伯爵に厳しい視線を向けると、微かに震えるジゼルの肩を抱き寄せた。

「まず貴公にはジゼルという娘がいたことを公表してもらう。なに、あなたの女道楽は貴族たちの間でも有名な話だから、他に娘がいたとしても誰もおかしいと思わないだろう。それよりももうひとりかふたり子どもが増え、奥方が大変かもしれないな」

リュシュアンの言葉に義母がキッと伯爵を睨みつけた。どうやら伯爵には夫人とジゼルの母以外にも関係を持っている女性がいるらしい。

そう考えると義母は被害者で、可哀想な人だ。もちろんこれまでの仕打ちを許すことはできないけれど、道楽者の夫を持ったことには同情してしまう。

「もちろん奥方はその娘を実の娘同様に慈しんで育てた。そうだな？」

じろりとリュシュアンに睨みつけられ、義母は言葉もなくコクコクと頷いた。義母にされた仕打ちを詳しく話してはいないのに、すべて知っているような口調だ。

「本来なら爵位を取り上げ国外に追放したいところだが、それは我が妻が望まないだろう。その代わりとして貴公にできるのはフランソワーズとその恋人との結婚を認め、爵位を譲り奥方共々領地に隠居することだ。そしてその姿を二度と俺の前に見せないと約束しろ」

　リュシュアンの言葉が進むにつれてふたりは次第に肩を落とし、地に伏すように頭を下げてしまった。

　もはや言葉のない伯爵夫妻を冷ややかに見下ろすと、答えがないのを了承と見なしたのか、ジゼルの肩を抱いたまま身を翻した。

「帰るぞ」

「で、でも……」

「可哀想だがこの家はもうあなたの家ではない。どうしても残りたいというのなら俺もここに泊まろう。あなたを残していけばまたほだされていいように利用されるかもしれない。なにより、俺はもう一日だってあなたと離れるつもりはないからな」

　子どもに言い聞かせるようにはっきりと告げられ、頷くしかない。リュシュアンが心配するように二度と両親に利用されるつもりはないが、ここに泊まったとしても居たたまれないだけだ。それにジゼル自身がリュシュアンと離れていることなどできなかった。

ただ心残りは姉のことだった。姉がいれば両親は大丈夫だが、リュシュアンの言い方だと、二度と姉に会えないのではないだろうか。幼い頃からジゼルを庇って世話をしてくれた姉とこれっきり会えなくなってしまうのは辛い。

ジゼルが姉に気遣わしげな視線を向けると、やりとりを見つめていたフランソワーズの水色の瞳とぶつかった。

「お姉様」

そう口にしただけで、感極まってジゼルの眦から涙がこぼれ落ちた。

「ジゼル、行きなさい。お父様とお母様のことなら心配しなくていいわ。陛下とあなたのおかげでまたヴェルネに戻って結婚することができるのですもの。あなたにすべてを押しつけてしまってごめんなさい。まさかこんなことになっているとは思わなかったの」

「お、押しつけられたなんて……思ってない」

ジゼルは今やボロボロと流れる涙を拭おうともせず、リュシュアンの腕から飛び出しフランソワーズに抱き付いた。

「私は……お姉様が幸せになってくださるのなら……お姉様の身代わりでもいいって……」

「ジゼル、あなたは私のことをよく優しいと言ってくれるけれど本当に優しいのはあなたの方。お父様がこんなことを考えるとは思わなかったけれど、あなたは逃げてもよかったのよ。ろくに父親らしいことをしてもらったこともないのに、お人好《ひとよ》しすぎるわ」

フランソワーズがクスクスと楽しげに笑うから、ジゼルも顔を上げ涙を拭う。

「ジゼル聞きなさい。私はもう十分幸せよ。愛する人がいて、こうして故郷に戻ることができた。全部あなたと陛下のおかげよ。今度はあなたが幸せになるところを私に見せて？」

「……っ」

フランソワーズは再び感極まってしまったジゼルの頰を撫でると、改めてリュシュアンに向かって膝を折った。

「陛下、このたびは私のようなものに寛大な処置をしていただきお礼の言葉もございません。どうか妹をよろしくお願いいたします」

「こちらこそ……俺の勘違いであなたにも辛い思いをさせた。俺が結婚を申し込もうとしたのは、最初からジゼルだったのだ。彼女によく似たあなたを見かけて、本人だと思い込んでしまったのだ。落ち着いたら王宮に遊びに来るがいい。今や血縁者でジゼルが信頼できるのはあなただけだ」

「もったいないお言葉、ありがとうございます」

フランソワーズとジゼルは再び強く抱き合い、必ずや再会することを約束して別れることとなった。


馬車に乗っても一向に泣き止まないジゼルに、リュシュアンは半ば辟易《へきえき》したように言った。

「おい、もう泣くな。これでは俺があなたを連れ去る悪人みたいじゃないか。ほら、伯爵家には簡単に戻れないだろうから、見納めに外の景色でも見ろ」

リュシュアンはそう言って窓を開けてくれたが、ジゼルのすすり泣きは変わらない。

馬で併走していたエルネストの姿がチラリと窓の向こうに見えたが、リュシュアンはそちらに向かってうるさそうに手を振って追い払った。

「まったく……あなたはよく泣くが、泣き出したら止まらない質だとは思わなかった」

リュシュアンの溜息は怒っているというより、どうしたらジゼルが泣き止むのか途方に暮れているといった顔だ。

「……も、申し訳ありません……っく……」

そう謝罪しながらも、やはり自分の意思では簡単に涙を止められそうにない。

ジゼルがしゃくり上げると、リュシュアンが溜息をつきながら胸のポケットからハンカチーフを取り出した。片手でジゼルの顎を摑むと、ゴシゴシと涙を拭う。

「……つぅ……っ」

あまりにも強く頰を擦られ、ジゼルはリュシュアンの手を押さえ付けた。

「い、痛いです……っ」

「そう思うなら泣くな」

さらに乱暴にゴシゴシと頰を擦られ、ジゼルはリュシュアンの手から逃れるように身を捩る。

「リュ、リュシュアン様！　いい加減になさってください‼」

反対側の扉に背中を押しつけて抗議するジゼルを見て、リュシュアンが噴き出した。

「止まったじゃないか」

「え……？」

確かに先ほどから湧き水のように溢れていた涙は止まっている。リュシュアンの行動に、ひととき泣いていた理由を忘れてしまったのだ。

「痛かったか？　すまない。頰が赤くなっている」

手首を摑まれ、そばに引き戻される。筋張った指が擦られた頰を撫でられ、緑の瞳が涙で潤んだジゼルの瞳を覗き込む。

「も、もぉ痛くはありません……」

急にリュシュアン体温や息遣いを間近に感じて、ドキドキしながらそう口にした。

「あなたとフランソワーズは瞳の色が違うのだな」

「……はい」

リュシュアンの掠れた声に、ジゼルの鼓動がさらに速くなる。どうしてこの人には見つめられるだけで、こんなにも胸が高鳴ってしまうのだろう。

「私が焦がれていたのは、最初からこの海のように深い瑠璃色の瞳だ」

その言葉に、ふとふたりで入り江まで遠乗りをしたときにリュシュアンが口にしたことを思い出した。

「あの……リュシュアン様は以前おっしゃいましたよね。乗馬服を私の瞳の色に合わせて仕立ててくださったと」

あのときは馬上のリュシュアンの颯爽とした仕草に見惚れてすっかり聞き流してしまったが、よく考えればフランソワーズの瞳の色はジゼルよりも薄い水色だ。

そのときに不思議に思っていれば、自分はもっと早くリュシュアンに真実を話していたかもしれなかった。

「そのうちあなたにもわかると思うが、謁見など人との距離が遠くて瞳の色の違いなどよくわからない。なにより俺は伯爵家の娘があなただと思い込んでいたから、遠目にそっくりなフランソワーズをあなただと思い込んでしまったのだ」

「でもお姉様の方がお美しいから、私はずっとリュシュアン様に申し訳なく思っていたんです。本当は今日だってリュシュアン様がお姉様を選んでしまったらどうしようって……」

「バカなことを言うな。俺が結婚したかったのは最初からあなただと言っただろう。むしろあなたたちが入れ替わらずフランソワーズが教会に立っていたら、俺は大騒ぎしたはずだ。あなたたちはまったく別の人間なのだから」

リュシュアンは薄く微笑むと、ジゼルの華奢な身体をそっと抱き寄せた。

「……リュシュアン様」

力強い腕と広い胸の心地よさに、うっとりと目を閉じる。この人のそばにずっといられると思うと安心感を覚えて、こんなに幸せになってもいいのかと、何度もこれが夢ではないのかと疑ってしまいそうになる。

もう二度と会えないと思っていた姉といつか行き来できるようになるなんて、その日が来るのが楽しみでたまらない。

この身の幸せをしみじみと嚙みしめていると、ジゼルの髪に頰を寄せていたリュシュアンがわずかに身動ぎした。

「なにを考えている？」

「お姉様のことを。リュシュアン様が王宮に出入りをお許しくださるとおっしゃっていたので、それが楽しみで」

ジゼルはほんの少し顔を上げ、リュシュアンに感謝の笑みを向けた。するとリュシュアンの精悍な唇がなぜかへの字に曲げられる。

「リュシュアン様？」

「俺の腕の中で彼女のことばかり口にするのは、妬《や》けてしまうな」

「え？」

「姉に夢中になって俺のことを疎かにするのなら、出入りを禁止してもいいんだぞ」

「そんな」

リュシュアンにしては冷ややかな声音に、ジゼルが顔色を変えたときだった。窓の外でふたりの会話をずっと聞いていたのだろう、エルネストの声がした。

「大丈夫ですよ、王妃様。陛下は王妃様に嫌われるようなことなどできませんから」

「おい、盗み聞きとはいい度胸だな」

「盗み聞きって、リューが窓を開けたんだろ。優秀な臣下である俺はなにか意図があるのだと思って聞き耳を立てていただけだ」

「やっぱり盗み聞きじゃないか！」

リュシュアンは不機嫌な顔でそう言い返したが、だからといってエルネストを追い払う気配はない。ふたりの砕けたやりとりに、リュシュアンが心から彼を信用しているのがわかる。

「ジゼル、もう満足したのなら窓を閉めるぞ」

ずっと泣いていたから外の景色などほとんど見ていなかったが、窓を閉めるリュシュアンに異議を唱えるつもりはない。彼は気にならないようだが、ふたりきりの会話をエルネストに聞かれるのが恥ずかしかったからだ。

「リュシュアン様、今日は本当にありがとうございました」

窓が閉まるのを見届けて、ジゼルは深々と頭を下げた。

「リュシュアン様を騙していた私を……こうして連れて帰っていただけて嬉しいです」

ジゼルは心から感謝してそう口にしたが、なぜかリュシュアンは顔色を変えてその目を険しくした。

「まさかあなたは、俺が好きな女を置いて帰るとでも思ったのか？」

父も母も最後まで嘘をつき通そうとしていたし、それを見た彼が腹を立てて、ジゼルに愛想を尽かすのではないかと内心心配だったのだ。

ジゼルが素直にこっくりと頷くと、リュシュアンはがっかりしたように肩を落とした。

「やはり俺はあなたに信用されていなかったのだな。何度愛していると言っても信じてもらえない」

「そ、それは違います！　ただ伯爵家の恥を知られるようなことを簡単には口にできませんでした。それに私もリュシュアン様を……あ、愛しています」

リュシュアンに機嫌を直して欲しくて思わず口にしてしまったが、急に恥ずかしくなり慌てて顔を伏せる。すると長い指が顎にかかり、無理矢理上向かされてしまった。

「もう一度だ」

「え？」

「今の言葉をもう一度俺の目を見て言え」

「……っ」

すべてを見通すような緑の瞳に見つめられ、心臓が大きな音を立てる。この瞳で見つめられているだけで、身体の奥が熱くなるような気がした。

「ジゼル」

愛撫するような声で名前を呼ばれただけなのに、まるで背中を撫でられたときのような擽ったさを感じてしまう。ジゼルはリュシュアンの声に操られたように、身体を震わせながら口を開いた。

「あ、あ……愛しています」

消え入るような声で口にすると、リュシュアンは顎に手をかけたままジゼルの唇にキスをした。

「ジゼル。あなたはなにも悪くなかったのだから、もう二度と謝るな。これからは俺のことだけを考えろ」

その言葉にジゼルがこくりと頷くと、リュシュアンがもう一度キスをしようと顔を傾ける。しかしジゼルはもうひとつだけ気になっていたことがあり、手のひらでそのキスを受け止めた。

「おい……この手はなんだ」

怒っていることを隠そうともせずジゼルを睨みつける。今にも手のひらに噛みつかれそうな勢いに、ジゼルはおずおずと心配事を口にした。

「あのぅ……どうしても、あとひとつだけお願いがあるのですが」

ジゼルが恐る恐る見上げると、リュシュアンはがっくりと肩を落とした。またか、という顔だ。

すでに伯爵家の面々に寛大な処置をしてもらったばかりなのに、まだ頼み事をするなんて厚かましかっただろうか。

「……いえ、やっぱり忘れてください」

ジゼルが俯いて首を横に振ると、頭の上で盛大な溜息が聞こえた。

「わかった。俺と別れたいという頼み事以外ならなんでも聞いてやるから、そんな顔をするんじゃない。その代わりあとでしっかり礼をしてもらうからそのつもりで言え」

後半の言葉の意味はよく理解できなかったが、どうやら頼み事を聞いてもらえるらしい。

「……乳母のことなのですが、これを機に伯爵家に下がらせて欲しいのです」

「なぜだ？　あなたは乳母にすっかり頼り切っているし、いまだにお嬢ちゃまと呼んでかいがいしく世話をしていると聞いたぞ。しばらくの間と言っていたが、てっきりこのまま王宮に留め置くものだと思っていた」

「確かに彼女がいてくれて心強かったのですが、元々は姉の乳母なのです。今日は王宮で留守番をさせましたが、本当は姉に会いたかったと思うのです」

本当なら一緒に里帰りをして、姉の無事な姿をその目で確認したかったはずだ。

「もしかしたら両親より私より、誰よりも姉の身を案じていたのは手塩にかけて育てた乳母ではないかと思うのです」

「俺はかまわないが、あなたは寂しくないのか。あなただって伯爵家に引き取られてからずっとそばにいた者なのだろう」

ジゼルはその言葉に素直に頷き、それから乳母の顔を思い浮かべた。

初めて伯爵家で熱を出した夜、一晩中寝ずに看病をしてくれて、真夜中にうなされて目を覚ますといつでも乳母の顔があってどれだけ安堵したことだろう。できれば一緒にいて欲しいという気持ちはあるけれど、彼女にはこれから大変になるだろう姉を支えて欲しい。

「私なら大丈夫です。リュシュアン様がいらっしゃるので……寂しくありません」

身代わりで結婚するように言われたときは不安でたまらなかったけれど、今はリュシュアンがいる。彼がそばにいてくれるのなら、どんな辛いことにも耐えようと思えるのだ。

ジゼルの言葉を聞いたリュシュアンは、クスリと笑いを漏らして大きな手でジゼルの頬を撫でた。

「これは大任だな。王と夫、それにあなたの乳母の役まで勤めねばならないとは」

「……え？」

「あなたの着替えや入浴の手伝いをすればいいのか？　その仕事なら楽しくできそうだが」

そういう意味ではないことだとわかっているのに、わざとジゼルが赤面してしまうようなことを口にする。精神的な支えとしてリュシュアンがいるから大丈夫だという意味なのに。

真っ赤になって睨めつけてくる顔に満足したのか、リュシュアンはクックッと喉を鳴らした。

「わかった。あなたの好きにすればいい。ああ、暇をやるのは戴冠式のあとにしろ。せっかくだからあなたの晴れ姿を見せてやれ」

リュシュアンのさりげない気遣いにジゼルは感謝の気持ちで胸がいっぱいになった。

「リュシュアン様。ありがとうございます。本当はこんなありきたりな言葉ではなく感謝の気持ちをお伝えしたいのですが、胸がいっぱいで」

するとリュシュアンが苦笑いを浮かべる。

「あまり大仰に感謝されるのも居心地が悪いものだな。それに俺が欲しいのは感謝の言葉ではなく、あなたの心なのだが」

「も、もちろん私の心はリュシュアン様のものです」

改めて口にすると安っぽく聞こえてしまうが、最初に出会ったときから、自分の心はリュシュアンに囚《とら》われてしまっている。言葉以外でこの気持ちを伝える方法があったらいいのに。

ジゼルがそう考えたときだった。

「それなら言葉以外でも感謝の気持ちを伝えてもらわないとな」

「え？」

まるで心の中を読まれたみたいだ。思わず目を見開くジゼルに、リュシュアンは思わせぶりな視線を投げかける。

「わかりやすくて簡単な方法があるだろう?」

「……ええと……」

「わからないのか?　では今日だけは俺が教えてやる」

リュシュアンは手を上げると長い指でジゼルの唇をとんとんと叩いた。

「……」

言葉ではないのならなんなのだろう。数瞬して唇に触れられた意味にたどり着き、はしたない声をあげてしまった。

「ええっ!?　ま、まさか……」

唇を使って、つまりキスで感謝の気持ちを伝えろというのだ。

相手が夫とはいえ、自分から男性に口づけるなんてはしたないことをできるはずがない。

しかも馬車の中で窓のすぐ外にはエルネストがいるのだ。

「教えてやったのだからやってみろ」

「でも」

「できないのか。あなたの俺に対する気持ちはその程度のものなのだな」

わざとらしく溜息をつき、こちらを挑発しようとしているのだとわかるのに、リュシュアンへの気持ちをその程度だと勝手にはかられるのは悔しい。

「で、できます‼」

　とっさにそう叫ぶと、予想通りリュシュアンの唇に満足げな笑みが浮かぶ。

「……め、目を閉じてください」

「これでいいのか？」

　素直にジゼルの指示に従ったリュシュアンの前でひらひらと手を振る。もしかしたら薄目を開けてこちらを窺《うかが》っているのではと思ったが大丈夫らしい。

　早速口づけようと見上げたが、座ったままでは小柄なジゼルの唇はリュシュアンのそれには届かない。幸い馬車の座席は広いので、ジゼルはドレスをたくし上げ座面に膝で立つと、リュシュアンの精悍な顔に頬を寄せそっと唇を重ねた。

　チュッと音を立てて口づけると、腰に腕が回されてわずかに身体を引き寄せられる。

「ん」

　誘導されてもう一度唇を寄せると、いつの間にか口を開けていたリュシュアンに小さな唇をぱくりとくわえ込まれた。

「んぅ」

　果実でも味わうように唇を吸われてわずかに目を開けると、リュシュアンもこちらを見上げていて、緑の瞳には悪戯な色が浮かんでいる。

挑発されていたのには気づいていたけれど、ジゼルも彼と口づけていたかったのでそのまま目を閉じた。リュシュアンはそれを了承と見なしたのか、腰を抱き寄せると膝立ちだったジゼルを自身の上に横抱きに座らせ、さらに口づけを深くした。

「……ん……ふぁ……んんっ……」

すぐにお互いの熱い舌が絡みつき、ジゼルは夫の首に腕を巻き付けうっとりとその口づけに身を任せる。

すると調子にのったリュシュアンは、ドレスの上からジゼルの身体を弄《まさぐ》り始める。ジゼルは慌ててその大きな手を押さえ付けた。

「い、いけません！」

わずかに顔を上げたリュシュアンの胸を押し身体を離す。途中でキスを止められたことに腹を立てているのか、リュシュアンの眉間に深いしわが刻まれたけれどジゼルは怯まなかった。

「こんなところで誰かに見られたらどうするんですか。すぐ外にはエルネスト様もいらっしゃるのですよ」

「あいつはそんなこと気にしない。それにもうキスをしてこうして抱き合っているのだから同じだろう」

「同じではありません！」

　確かにエルネストがこの会話を聞いていたら「どうぞどうぞ、ご遠慮なく」と勧めそうな気もするがそういう問題ではない。

「いいですか。リュシュアン様はこの国の王でいらっしゃるのですよ。もう少し周りからどう見られているかを自覚なさってください」

「俺のすることに文句を言うやつなどいないぞ」

「では誰も申し上げないなら私が申し上げます。臣民からの信頼を受けるためにも節度を持っていただかないと。陛下がそういう考え方をなさるなら、もうキスもいたしません」

　さっさと膝から降りようとするジゼルをリュシュアンが慌てて引き留める。

「わかったわかった。フランソワーズよりジゼルは頑固で気が強い女だったことを忘れていただけだ」

　うんざりした口調はもちろん嫌味《いやみ》だ。ジゼルが仕返しに顔をしかめると鼻先にチュッとキスをされる。

「リュシュアン様！」

　あまり反省していない様子のリュシュアンを睨めつけるが、ニヤリと笑われあまり効果はない。

「キスならいいのだろう。それにさっきはあなたもキスに夢中になっていたぞ」

「……っ」

「自分から舌を出して可愛く啼いていたじゃないか」

否定しようにもあんなに積極的にキスに応えていたのだから誤魔化しようがない。ジゼルがなんとも言えない顔をすると、リュシュアンはクックッと喉を鳴らして膝の上に座る妻の頬に唇を押しつけた。

「そんな顔をするな。愛らしい顔が台なしになる。王妃の意見を尊重して、口づけだけで我慢してやるから」

「はい」

「その代わり馬車を急がせよう。早く帰ってあなたを抱きたい」

リュシュアンはそう言うと、今度はジゼルの耳朶に口づけた。

9　永遠の始まり

王都の中心にある大聖堂の前は、街中の人が詰めかけたのではないかと思うほどたくさんの人であふれかえっていた。

大聖堂は主に王族や貴族の結婚式や洗礼などの儀式、また季節ごとの礼拝に使われる場所で、普段は固く扉を閉ざしているが、今日はヴェルネ王の戴冠式が行われるとあってその入口が開放されていた。

本来なら一ヶ月前に行われたリュシュアンとジゼルの結婚式もここで執り行うのが通例だったが、リュシュアンの希望で海の見えるクリスタルチャペルに大司教を招き式を挙げた。

その話を聞いたとき、リュシュアンにそんな強い拘《こだわ》りがあったことに驚いた。ここ一月ほどの彼しか知らないけれど、執務のときは決断も早く、方針をこうと決めたら細かいことはエルネストや臣下たちに任せるタイプだ。

てっきり結婚式の準備もエルネストあたりが張り切って仕切っていたと思っていたが、海の見える教会を選ぶなんて、リュシュアンは案外ロマンティストなのかもしれない。

考えてみれば、彼は四年前一度会ったきりの名前も知らない娘を探し出し結婚を申し込んでくれた。実際には姉と間違われてしまうという不幸な出来事もあったが、彼が探してくれなければ、ふたりの縁はあれきりで終わっていたはずだ。

運命を引き寄せる力を持ったリュシュアンはこの国の王に相応しい。ジゼルはそう思いながら、エルネストと何やら込み入った話をしている夫の横顔を見つめた。

戴冠式の時間が近付いていて、すでに支度を終えたリュシュアンとジゼルは控え室でそのときを待っていた。

先ほど外の様子を見てきたエルネストの話では、大聖堂内にはすでに国内のめぼしい貴族や隣国アマーティの王子、近隣国の要人が集まっているそうで、これからリュシュアンはその大観衆の中で王冠をいただき、正式なヴェルネの王として認められるのだ。

今日のリュシュアンは伝統的な白絹に金の縁取りがされた法衣に床を引きずるほど長い深紅のマントを羽織っている。ジゼルはもちろん先日仕立てたばかりのオフホワイトのローブデコルテだ。

いつにも増して凛々《りり》しい姿に、まるで片思いの人をこっそりのぞき見する少女のような気持ちになって胸が高鳴ってしまう。

一ヶ月前姉のために身代わりを決めたときは、もう自分には幸せなことなどひとつも訪れないような気がしていたのに、こんなふうに幸せな気持ちでその相手を見つめることができるなんて夢のようだ。

ふとジゼルの視線に気づいたのか、リュシュアンが顔を上げこちらを見て椅子から立ち上がった。手にしていた書類をエルネストに押しつけると、ジゼルの隣に腰を下ろした。

「もうお仕事はよろしいのですか？」

「急ぎではないからもうしまいにする。それより熱い視線を送ってくる妻の方が大事だろう？」

軽口にクスクスと笑いを漏らすと、リュシュアンは白い手袋をはめたジゼルの手を握りしめた。

「それで？　熱い視線の理由はなんだ？　言っておくが今さら王妃になりたくないという言葉聞きたくないぞ」

「まさか！　ずっとおそばにいると何度も約束しているではないですか」

ジゼルが一度自分の前から姿を消そうとしたからなのか、リュシュアンはすっかり疑い深くなった。

「あなたを手に入れるまで四年も待ったのだ。逃がしたくないと思うのは当然だろう」

「ですから私は逃げたりしないと何度も申し上げておりますわ」

端から見ればただイチャイチャしているだけのやりとりに、エルネストがニヤニヤしながら口を挟む。

「よかったね～オンディーヌが幻じゃなくて」

「俺は本物だと何度も言っただろう」

エルネストはからかっているのに、リュシュアンは生真面目に頷く。

「正直俺はリューが本当に精霊に魅了されて頭がおかしくなったんじゃないかって思っていたんだけど」

「ちゃんといただろう？」

リュシュアンは得意満面な顔でジゼルの肩を抱き寄せ、人前だというのにジゼルの頬に唇を押しつけた。

「しかもとびきりの美女がね。というより今から四年前って言ったら、王妃様はまだ十四、五歳ですか？　見ず知らずの男にいきなり口づけられて怖かったでしょう？　案外それで約束の場所に来なかったのではないですか？」

「えっ？」

リュシュアンはエルネストにどこまで話しているのだろう。ふたりの出会いのことは姉にも詳しく話をしていないのに、恥ずかしくなってしまう。

リュシュアンは、エルネストなら他の人にあれこれ暴露したりおかしな噂を流したりしないと信用しているようだ。

ジゼルもなんだかんだとエルネストがそばにいることに慣れてしまい、普通の夫婦ならふたりきりのときに話すようなことも気にせず口にしてしまうことがある。口調こそ軽いことが多いが、信頼できる人柄なのだ。

「確かにあのときの陛下はまるで馬番のようでしたから、常識的な貴族の娘ならそんな男の逢《あ》い引《び》きの誘いになど乗らなかったでしょうね」

ジゼルは澄ました顔でリュシュアンに視線を流すと、彼も笑みを含んだ目でジゼルを睨みつけた。

「あの、エルネスト様。よろしければ私もジゼルと名前で呼んでいただけたら。エルネスト様は陛下の親友でいらして、愛称でお呼びになることもあるのに、私だけ王妃様と呼ばれるとなんだか遠い感じがしてしまいます。それにご存じの通り、私は本当なら王妃になれる身分ではないですし」

そもそも伯爵家より侯爵であるエルネストの方が身分は上だし、ジゼルの母は平民の娘だ。本当なら口もきけないような相手だった。

するとそれまで穏やかな顔で話を聞いていたリュシュアンが顰めっ面になる。

「まだそんなことを言っているのか。あなたは間違いなく伯爵の娘なのだから胸を張っていいと何度も言っただろう」

「でも、宰相の皆様の中にはいい顔をなさらなかった方もいらしたと聞いております。そういう臣下の意見は蔑《ないがし》ろにしてはいけません。きちんとケアしておかなければ、今後国を治めていく上で陛下の妨げになるかもしれませんわ」

「まったく！　素直にはいと言えばいいのに屁理屈ばかり並べ立てて、口が達者な女だ！」

言葉こそきついが、実際にはこのやりとりをおおいに面白がっているリュシュアンの唇には笑みが浮かんでいた。

「陛下はそんな私がよくて娶《めと》られたのでしょう？　今さら嫌だと言われましても、すでに結婚の誓いは済んでおります」

ジゼルのこまっしゃくれた返しに、やりとりを見ていたエルネストが高い笑い声を上げた。

「ははは！　ジゼル様の方が一枚上手だね。お人形さんのようにお淑やかなご令嬢より、おまえにはこれぐらい機転の利く女性の方が合っているよ。よくも自分に似合いの女性を見つけたものだな。言い返す言葉も見つからないんだろう」

「ふん。言葉で言い負かしてなんになるのだ。男が真価を発揮するのは閨の中と決まっている。表向きは女性に花を持たせてやるのが我が国の紳士というものだろう」

「そんな負け惜しみを言って、彼女に愛想を尽かされたら大騒ぎするに決まっているくせに」

これから神聖な戴冠式に望むとは思えない際どいやりとりにジゼルがわずかに頬を赤らめると、目敏《めざと》いリュシュアンはそれを見逃さない。

ジゼルに甘やかな視線を向けると、ニヤリと口角を上げた。

「おまえもジゼルには気をつけた方がいいぞ。我が奥方は初対面の男に素足を見せて誘うような女だからな」

「リュシュアン様‼」

これには我慢できないと、ジゼルが真っ赤になって言い返そうとしたときだった。控え室を訪う声が聞こえ、リュシュアンが素早く入室を許可する。

はぐらかされたのだとリュシュアンを睨めつけようとして、扉から入ってきた人の姿を見てジゼルは歓喜の声をあげた。

「お姉様‼」

瞳の色によく似た水色のドレスを身につけた姉に駆け寄って手を取り合う。

「来てくださったのね！」

「ええ。陛下が乳母と一緒に迎えの馬車を差し向けてくださったの」

嬉しそうに微笑むフランソワーズの言葉に、ジゼルは振り返って夫を見つめた。

「そんなことひと言も」

「あなたには驚かされてばかりで、このままでは俺の人生の主導権をあなたに握られそうだからな。サプライズだ」

ジゼルの戸惑いと喜びの混じった表情に満足したのか、リュシュアンが得意げに言った。

朝から乳母の姿が見えないから心配していたのだが、こういうことだったらしい。誰かに乳母を探してもらおうと思ったのだが、ジゼルの身支度で右往左往している侍女たちに頼みづらくて、ずっと気になっていた。

ジゼルが今日の晴れ姿を見て欲しいのは姉に続いて、幼い頃から本妻の子と外腹の子を隔てなく世話をしてくれた乳母だったからだ。

「嬉しいだろ。俺に感謝しろよ」

「はい、もちろんです！　ありがとうございます」

ジゼルから向けられた感謝の言葉に、リュシュアンが満足げに頷くと、エルネストが割って入る。

「なに偉そうにしてるんだ。実際に馬車の手配をして乳母殿を送り届けさせたのは俺だぞ。リューは執務室でふんぞり返っていただけじゃないか」

「当たり前だ。王とはそういうものだ」

悪びれもせずソファーで足を組んだリュシュアンに、エルネストはジゼルに向かって大仰に肩を竦めて見せた。

「エルネスト様、ご尽力いただきありがとうございます。いつも助けていただいて感謝しております」

「いえいえ。ジゼル様のそのお言葉だけで、暴君に仕える苦労が癒やされますよ。姉上と乳母殿には人目につかないバルコニーに席を用意してあります。少々遠いですが、晴れ姿を見ていただくことができるかと」

その言葉に、リュシュアンがたちまち不機嫌になる。

「暴君とは誰のことだ」

「さあね。自分の胸に手を当てて考えてみたら？」

エルネストはそう言うとジゼルにウインクして見せた。

「さあさあお嬢ちゃま、私にもちゃんと晴れ姿を見せてくださいませ」

ずっと黙って話を聞いていた乳母が、これ以上は待ちきれないと口を開く。

寄り添っていたフランソワーズから離れると、ジゼルはドレスがよく見えるよう、乳母の目の前で大きく回って見せた。

「まぁ……なんてお綺麗なんでしょう。それにとてもお幸せそうで……」

乳母はそれだけ言うと、涙を浮かべて言葉を詰まらせた。

ジゼルが伯爵家に引き取られ、義母に蔑まれたことも、伯爵に見向きもされなかったこともすべて知っている彼女だからこそ、今の幸せをジゼル本人より喜んでいるのだろう。

「ばあや、これぐらいで泣いたりしないで。本番はこれからなのよ。お姉様と一緒にちゃんと見届けてくれないと」

労るように震える肩に触れると、乳母はハンカチーフで涙を拭いながら何度も頷いた。

「もちろんでございます。それにもうこれで思い残すことはございません。おふたりともご結婚なさって、私の仕事はすっかり終わりました。あとはお迎えを待つばかりですよ」

「そんなこと言わないで！」

「そうよ。ばあやには、まだ伯爵家で手伝ってもらうことがたくさんあるのよ」

フランソワーズも慌てて反対側から乳母の肩を抱き寄せる。乳母を伯爵家に戻すことはすでに手紙で知らせてあり、フランソワーズも楽しみにしているはずだった。

にわかにしめっぽい雰囲気になりかけていた部屋の空気を一掃するように、リュシュアンが口を開く。

「フランソワーズ。あなたはこれから度々妻を訪ねてくれるつもりなのだろう？」

突然の質問にフランソワーズが小さく頷くと、リュシュアンの唇に笑みが浮かぶ。

「ではそのときには必ず乳母を同行させるように。たまには王妃にお小言をいう人間がいなければ、俺がやり込められてばかりになるからな」

「……陛下……ありがとうございます……」

乳母はその場で膝を折り感謝の言葉を呟くと、またすすり泣き始めた。

「どうやらあなたは乳母に似たようだな。一度泣き出すと止まらない」

リュシュアンのうんざりした口調に、ジゼルとフランソワーズは顔を見合わせ、クスクスと笑いを漏らした。

「さ、ばあや。私たちは侯爵様が用意してくださった席に行きましょう。のんびりしていてはジゼルの晴れ姿を見逃してしまうわよ」

フランソワーズが背後から抱えるように手を伸ばすと、それよりも早くリュシュアンが歩み寄り、乳母の手を取って立ち上がらせた。

「永遠の別れでもないのだからそんなに泣くんじゃない。それに王妃が懐妊となればまた王宮に手伝いに来てもらわねばならぬのだから、それまで息災でいるように」

ポンポンと肩を叩かれ、乳母はいよいよ感極まってリュシュアンの手に取りすがった。

「お、畏れ多いことに……ございます……っ……」

「リュー、多分もうなにも言わない方がいいと思うけど」

笑いを含んだエルネストの言葉に、リュシュアンは天を仰いだ。

「……そうらしいな」

フランソワーズとジゼルがなんとか乳母をなだめすかし泣き止ませたところで、大司教の弟子がすべての準備が整ったことを知らせにやってきた。

リュシュアンは法衣とマントに手を滑らせてから、ゆっくりとジゼルに視線を巡らせた。

「では行くぞ。王妃、手を」

先ほどとは一変してキリリと引き締まった表情で手を差し伸べられ、ジゼルは少し緊張しながらその手を取った。

静かな大聖堂に、大司教の祈禱《きとう》に続きリュシュアンの宣誓が響き渡る。

続いて跪いたリュシュアンに、大司教から王の証である指環と王錫《おうしゃく》、そして王冠が被《かぶ》せられた。すべてを身につけたリュシュアンが参列者の方に向き直ると、どこからともなく拍手と歓声が沸き上がる。

王冠を頭にいただいたリュシュアンの姿は子どもの頃家庭教師に教わった歴史の教科書の挿絵に出てくる王の姿にそっくりで、その凜々しくも輝かしい姿に涙が浮かんでしまう。

続いて大司教が手をあげ、最前列に控えていたジゼルを呼び寄せ、跪いたジゼルにもリュシュアンにしたように王妃の証である宝冠を被せた。

リュシュアンのものより一回りほど小さいそれは案外重く、これがこの国の王妃としての責任重さなのだと改めて思い知らされる。

やがてリュシュアンに手を取られ立ち上がったジゼルにも参列者からの大きな拍手と歓声が送られた。戴冠の儀式はこれがすべてで、大勢の貴族たちが見守る中ゆっくりと大聖堂の出口へと向かい、今度は大観衆からの祝福を受けることとなった。

夜は各国の要人を招いた祝宴で、翌日は国内の貴族たちも招待した舞踏会、さらにその次の日は招待客へのお礼の晩餐《ばんさん》会などあと数日は国を挙げての行事が目白押しだ。

祝宴はおおいに盛り上がり終了時刻を大幅に過ぎてからお開きとなったが、正式な集まりに出席するのが初めてだったジゼルは朝から気を張っていたせいか、部屋に戻って湯浴みをすると、侍女に髪を梳いてもらいながらいつの間にか眠気に襲われてしまう。

リュシュアンは最後までアマーティの王子と話し込んでいたから、エルネストに促されて先に部屋に帰ったのだが、彼はまだ戻っていないのだろうか。

王宮の寝室も作りは離宮に似ていて、夫婦の寝室の隣には王妃専用の寝室と浴室がしつらえられていた。ジゼルの生活スペースにはその他にも大きな応接間がいくつかと、たっぷりとドレスが詰まった衣装部屋などたくさんの部屋が用意されていたが、王宮すべてを見て回るには途方もない時間がかかりそうだ。

再び眠気が襲ってきて、ジゼルは侍女からヘアブラシを取り上げた。

「あとは自分でやるわ。遅くまでご苦労様。私は陛下を待つから先に休んでちょうだい」

「かしこまりました。明日のご予定ですが、王妃様には招待客の夫人の皆様との昼食会にご出席いただくことになっております。夜は舞踏会がございますので、午後は早めにご入浴いただきお支度をさせていただきますので。お召し物でなにかご変更されたいものはございますか?」

「ドレスは昨日決めたものでいいわ。舞踏会のアクセサリーは、今日アマーティの王子からお祝いでいただいたチョーカーとイヤリングに変更します」

「かしこまりました。今夜のうちにこちらのお部屋にお届けしておきます」

ジゼルが侍女の言葉に頷いたときだった。

「うちの奥様は政治的手腕もお持ちのようだ。早速アマーティの王子を虜にしようと考えているのか?」

突然割って入った声の主を、ジゼルは笑顔で振り返った。

「リュシュアン様!」

いつの間に部屋に戻っていたのか、夜会服からローブに着替えているからすでに湯浴みまで済ませているようだ。

リュシュアンは大股で部屋を横切ると、侍女の前だというのに、鏡を覗くようにして背後からジゼルの身体を抱きしめた。

「それで？　俺のオンディーヌはどんな魔力を使って王子を惑わすつもりだ」

「バカなことはおっしゃらないでください。殿下にはご同行の奥様がいらっしゃいます。それに奥様はご懐妊中と伺っておりますわ」

ジゼルがやんわりと腕をほどいて抜け出そうとすると、さらに力が強くなり羽交い締めのような姿になってしまう。

「もう。今は明日の打ち合わせをしているんですよ。邪魔をなさらないで」

わざと厳しい口調でぴしゃりと腕を叩くと、リュシュアンは仕方なさそうに腕の力を緩めた。

この仲睦まじいやりとりは毎晩のことで、使用人たちの間では、すぐにでも跡継ぎを授かるだろうと話題になっていることをふたりは知らなかった。

「王妃様、明日の朝はゆっくりのご起床で大丈夫ですので、どうかごゆっくりお休みくださいませ」

侍女はじゃれ合うふたりにぺこりと頭を下げて、早々に部屋をあとにした。

「ほら、リュシュアン様がふざけるから侍女が呆《あき》れて出ていったしまったではないですか」

「バカだな。あれは気を利かせたというんだ。ほら支度ができたならもう寝るぞ」

リュシュアンはジゼルの返事も待たずブラシを取り上げると、薄いネグリジェ姿のジゼルの身体を軽々と抱きあげてしまった。

「きゃっ！」

悲鳴のあとにジゼルのクスクス笑いが続き、あっと言う間に夫婦の寝室まで運ばれてしまった。そのままふたりでベッドの上に倒れ込み、どちらからともなくお互いの身体に腕を回す。

「今日は朝から儀式に祝宴にと疲れただろう」

リュシュアンはジゼルの頭を胸の中に抱え込みながら言った。ローブの合間から覗く素肌に頰を押しつけられ、その胸元からは入浴のあとだからジゼルと同じ石けんの香りがする。

それになによりすっかり身体に馴染んだ夫の体温は、ジゼルを眠りに誘おうとする。

ジゼルは瞼が落ちてきそうなのをなんとか堪えて、頭をもたげリュシュアンを見つめた。

「リュシュアン様こそお疲れさまでした。戴冠式での立派なお姿を拝見して、感動いたしました。歴史の教科書に載っていた戴冠式の挿絵と一緒で。でも、リュシュアン様の方が何倍も素敵でしたけど」

「嬉しいことを言ってくれる」

リュシュアンは目尻を下げてうっとりするような笑みを浮かべ、ジゼルに口づけた。

「ん……」

最近のリュシュアンはふたりきりのときに、びっくりするぐらい優しい笑みを見せてくれるようになった。初めて会ったときも再会したときもキリリとした印象で、口調や表情も男らしくきつく見えるときもあったから、そんな笑顔を見せられると、普段とのギャップにドキリとしてしまう。

一度何気なく本人に尋ねたら、もしそう見えるのなら自分はあなたといるときが一番リラックスできているからだろうと言われた。

それが本当だったらどんなにいいだろう。たくさんの人たちの頂点に立ち、弱点など見せないよう、一点の曇りもない高潔な存在でいようと努力している彼を癒やすことができるならなんでもしようと思う。

リュシュアンのキスは甘やかすように唇をついばみ、閉じていた瞼にも優しく押しつけられる。擽るような刺激と眠気で、愛するリュシュアンとキスをしているというのにフワフワと意識が漂ってしまう。

「眠そうだな」

リュシュアンの笑いを含んだ声に、ジゼルは目を閉じたまま頷いた。

「昼間エルネストとふたりで俺をからかったお仕置きをしてやろうと思ったが」

「……おしおき……？」

寝ぼけた声で聞き返すとからかうように背筋を撫でられる。思わせぶりな手つきに疲れているはずの身体がビクリと揺れて、ジゼルはわずかに瞼を上げて夫を見上げた。

不思議なもので、彼の手の感触をすっかり覚えた身体は疲れていてもしっかり反応してしまうらしい。

しかしリュシュアンの手はそれ以上いつものように淫らに動くことはなく、栗色の髪を優しく撫でただけだ。

いつもなら強引にでもジゼルを抱くのに、まるで聖人にでもなったようだと思い、ふとジゼルは少し前に同じことを考えたのを思い出した。

あのときはジゼルに考える時間を与えるために距離を置いたと言われたが、今はそんな必要がなくなった。大抵は軽いお休みのキスで終わらせるはずが夢中になり、あれこれ始まってしまうのだが、今日のキスにはそんな気配がなかった。

急に不安になったジゼルは顔を上げて夫を見上げた。

「あの……今日はしないのですか？」

「無理をしなくていい。疲れているのだろう」

労るように頭を胸に押しつけられたが、やはり自分の身体に興味がなくなったのではと心配が頭をもたげる。

「明日も舞踏会があるし、あなたに無理をさせたくないからな」

優しい労りの言葉として聞けばいいのに、彼の強引さと激しさに慣らされた身としては不安になってしまう。するとリュシュアンがからかうように言った。

「あなたが奉仕をしてくれるというのなら別だが」

「……ほうし？」

きょとんとするジゼルにリュシュアンが意味ありげな眼差しを向けた。

「あなたのそのかわいい口で俺を愛してくれるのかと聞いているんだ」

「……なっ……‼」

ジゼルは奉仕の意味を理解して真っ赤になった。リュシュアンは彼がジゼルの身体を愛するときのように、ジゼルにも同じことをして欲しいと言っているのだ。

とっさにできないと口にしようとして、ジゼルはそれを飲み込む。夫に奉仕するのも妻の役目ではないかと考えたからだ。

仕事や社交で気疲れしているリュシュアンを癒やすためならできないことなどない。それに彼に飽きられるのが怖いと怯えているより、自分で努力をした方がいい。覚悟を決めたジゼルはもそもそとリュシュアンの腕の中から抜け出した。

「うまくできるかわかりませんが……」

そう言ってガウンの腰紐《こしひも》に手をかけると、リュシュアンがギョッとして飛び起きる。

「ジゼル⁉　なにをしている。じょ、冗談だ！　あなたにそんなことをしてもらわなくてもいい」

「いえ、やらせてください……あ」

ガウンの下から顔を出した雄芯は半ば勃ちあがりかけていて、驚いたジゼルの唇からは小さな声が漏れる。そんなジゼルの前でリュシュアンの指が自身の雄に絡みつく。

「あなたがそばにいると俺はいつでもこんなふうになってしまうんだ」

実はジゼルはリュシュアンの肉棒をじっくり見たことはない。

初めて目にしたときに、リュシュアンには悪いがなんとも異形な塊に怖くなった。わざわざじっくり見るようなものでもないし、いつもジゼルの胎内に収められている方が多いので、ちゃんと目にすることがなかったのだ。

これを唇で愛撫したら、いつもジゼルを切なくさせる剛直になるのだろうか。

「し、失礼いたします」

見ていることが恥ずかしくて早速口づけようとするがリュシュアンに止められる。

「待て。それではあなたが奉仕をしている姿が見えない。せっかくならあなたがいやらしく俺にむしゃぶりつくところをじっくり堪能させてくれ」

リュシュアンはベッドヘッドに背中を預け、足の間にうずくまるジゼルを見下ろした。どうやらすっかりその気になったらしく、その間にもリュシュアンの雄が硬度を増したように見えた。

「いいぞ」

改めて促されて、ジゼルは顔を赤くしながら足の間に顔を近付けた。俯くとサラサラとこぼれ落ちてくる髪を耳にかけ、恐る恐る熱の塊に手を添える。

「……」

できると言ったものの、どうすればいいかわからない。リュシュアンがしてくれるときのように、舌で舐めればいいのだろうと、赤い舌を出して亀頭の尖端をペロリと舐めた。

思いの外つるりとした感触に安堵して、ジゼルは亀頭の周りをキャンディーでも舐めるように舌を這わせる。すると手の中の雄がビクビクと生き物のように震えた。

すでに雄芯は膨れあがり淫らに脈打っていて、いつもこんな大きなもので胎内をかき回されているのだと思うと、改めて恥ずかしさがこみ上げてくる。

ジゼルが必死で舌を這わせていると、頭の上にリュシュアンの手が乗せられる。

「口を開けて……そのまま咥えてみろ」

「んぅ」

言われたとおり口を開け雄芯をぱくりと咥えたが、ジゼルの小さな口では半分でも口の中がいっぱいになってしまう。

「……はあっ」

口に含んだまま舌を動かすと、リュシュアンの唇からわずかに吐息が漏れた。

悩ましげな溜息にドキリとして見上げると、リュシュアンの熱っぽい眼差しとぶつかる。欲望でギラギラとして獲物を狙う獣のようで、少しだけ怖くなった。

「そのまま続けていろ」

リュシュアンはそう呟くと、長い腕を伸ばし、ネグリジェの裾を背中の半ばまで捲り上げてしまった。

あらわになった白いドロワーズが引きずり下ろされる。

「んっ」

剝き出しにされた白い双丘に指がくい込み、やわやわと揉み上げられる。たったそれだけのことなのに、ジゼルは足の間がじっとりと濡れ始めていることを感じた。

そのまま臀部《でんぶ》や背筋を手で撫《な》で回《まわ》され、口の中には唾液が溢れて、赤く隆起した熱塊にヌルヌルと絡みつく。気づくとジゼルは夢中でリュシュアンの肉棒を舐めしゃぶっていた。

「んぅ……は……むぅ……」

自分が奉仕をしているというのに、リュシュアンに愛撫されているときのように身体が熱くてたまらない。

手のひらは相変わらず背中やお尻を撫で回していたけれど、ジゼルが一番触って欲しい場所には触れようとしない。

ジゼルは思わず肉棒を咥え込んだまま潤んだ瞳でリュシュアンを見上げてしまう。

「どうした？」

そう尋ねてきたリュシュアンの呼吸はわずかに乱れているように聞こえる。

「……う、うまくできていますか？」

ジゼルがおずおずと尋ねると、リュシュアンは満足げな溜息をついてジゼルの頭を撫でた。

「ああ、最高に気持ちがいい。とても上手だ」

その言葉にホッとする。少しでもリュシュアンに喜んでもらいたい。

「……これからも頑張りますから、私に飽きたりなさらないでください」

ジゼルが小さく呟いて再び肉棒にしゃぶりつくと、リュシュアンはジゼルの両脇に手を差し入れそのまま抱きあげてしまう。

当然だが口腔から肉棒がぬるんと引き抜かれ、向かい合うようにリュシュアンの腰の上に跨がらされる。

「まったく、あなたに飽きたりするはずがないだろう。あまり可愛いことばかり言うと、ひどいことをしてしまいそうになるじゃないか。ほら、もういいから足を開け」

リュシュアンはジゼルの上半身にまとわりついていたネグリジェを引き剝がすと、淫唇の奥を指で探り始めた。

「今度はこちらで奉仕してもらおう」

「んんっ」

指で割り開かれた淫唇の奥は触れられてもいないのにすでにたっぷりと潤っていて、リュシュアンの長い指を濡らす。

「俺のものを咥えてこんなに濡らしていたのか？」

ジゼルは恥ずかしさに膝立ちのまま彼の肩口に顔を埋めると、蜜孔にいきなり人差し指と中指が一緒にねじ込まれた。

「ひぁっ！」

強い刺激に頭を仰け反らせると、リュシュアンの楽しげな声がする。

「簡単に指を二本も咥え込んで……こんなに奥まで濡らして俺に挿れられるのを待っていたのか？」

太い指が激しく抽挿され、内壁をグチュグチュと淫らな音を立てながら擦られる。

「あっ、あぁ……んぅ……、あ、ん……っ……」

蜜孔を引き伸ばすようにぐるりと胎内をかき回され、甘い愉悦に嬌声が止まらない。

背を仰け反らせて快感に震えていると、リュシュアンがゆらゆらと揺れる胸の尖端を大きな口を開けてぱっくりと咥え込んだ。

「あっ、や……いやぁ……」

熱い舌が尖った乳首の側面に擦りつけられ、下肢が収斂《しゅうれん》しリュシュアンの指をギュッと締めつける。自分の身体の淫らな反応が恥ずかしくてたまらないのに、もう一方でもっと乱して欲しいとも願ってしまう。

「んぁ……んんぅ、あ、あぁ……ッ」

ちゅぷちゅぷと音を立てて唇で乳首を何度も扱かれて、蜜孔を太い指で突き上げられる強い愉悦にガクガクと足が震えて、立っていられそうにない。

頽れそうになりリュシュアンの首にしがみつくと、蜜孔を嬲っていない方の腕で抱きしめられた。

「はぁ……ん」

抱きしめられた腕の心地よさにジゼルの唇から艶《なま》めかしい溜息が漏れる。

「初々しいと評判のヴェルネの王妃が実はこんな淫らな女だと知ったら、招待客は明日の舞踏会であなたをどんな目で見るかわかるか？」

「いや……ぁ」

そんなことを知られたらもう生きていけない。リュシュアンの首に顔を擦りつけるようにしてイヤイヤと頭を振ると、耳に忍び笑いが響く。

「安心しろ。あなたが淫らな身体の持ち主だと知るのは一生俺だけだ。だから安心して乱れるところを俺に見せてみろ」

言葉とともに膣口から乱暴に指が引き抜かれ、溢れた蜜がジゼルの白い太股を伝い落ちる。

「あ、あぁ……」

「あなたが奉仕してくれたおかげですっかり元気になったぞ」

リュシュアンはジゼルの細腰を摑み、硬く滾った肉竿をしとどに濡れた花弁に擦りつける。

「んぁ……や……ん……」

雄芯はすぐに淫蜜にまみれ、ヌルヌルと滑る感触が心地よくてジゼルも無意識に腰を揺らしてしまう。

「今からこれであなたの胎内を突き上げてやる」

その言葉だけで膣洞が期待に震えて淫らに蠢く。リュシュアンの言う通り、自分はすっかり淫らな女になってしまったらしい。

「ほら、こい。ゆっくりと腰を落とすんだ」

リュシュアンが蜜孔の入口に肉竿の先端を押しつける。ジゼルは言われた通り自ら腰を落とし滾った肉竿を胎内に招き入れる。

「ん……あ、あぁ……熱い……んんぅ……」

内壁はすっかり柔らかく解れていて、リュシアンの欲望を易々と飲み込んでいく。いつもより深く熱を感じてしまい少し怖い。

ジゼルがわずかに逃げるように腰を浮かせると、リュシュアンが細腰に手をかけ、ずぷんと深いところまで一気に腰を引き下ろしてしまった。

「やぁっン‼」

快感で下がった子宮口を一気に突き上げられジゼルは悲鳴を上げた。

「や……だめ、これ……ふか、い……っ」

ジゼルの苦しげな声に、リュシュアンが微かに眉を寄せ顔を覗き込んでくる。

「大丈夫か。痛いなら少し」

ジゼルはガクガクと震えながら首を横に振り、リュシュアンの言葉を遮った。

「気持ちいい、の……だから、やめないで……」

ギュッと男の首にしがみつくと、すぐそばでゴクリと息を飲む気配がして、ほっそりとした肢体をギュッと抱きしめられた。

「……ジゼル」

掠れた声で名前を呼ばれたかと思うと、リュシュアンはジゼルの腰を抱え激しく突き上げ始めた。

肉竿が最奥を突き上げたかと思うと、内壁を擦りながらずるりと引きずり出される行為を繰り返されて、ジゼルの意識は淫らな愉悦に飲み込まれてしまう。

苦しいのにもっともっと感じさせて欲しい。いっそふたりが離れられないように溶け合ってしまいたい。身体は勝手に彼の突き上げのリズムに合わせ淫らに腰を振ってしまう。

「あ、あ、あぁ……や、おかし……これ、おかしく……あぁっ……」

「これがいいのだろう？　あなたの腰も揺れているぞ」

「んぅ……すき、これ……すきぃ……あぁっ……」

譫言《うわごと》のように呟き、獣のように腰を振りたくってしまう。

「まったく……あなたは男をダメにする女だな」

快感で目を潤ませ嬌声を上げるジゼルの唇がキスで塞がれ、乱暴に舌が吸いあげられる。

「んぅ……ん、ん！」

もうどこが触れあっても感じてしまい、高ぶった身体は今すぐにでも達してしまいそうだ。早く楽にして欲しくて、そのこと以外考えられない。

「あ、あぁ……リュシュア……さま、あ、あぁ……もぉ、むり……っ……」

「こら、先にイクんじゃない」

ジゼルの身体はそのままシーツに沈められ、片足を抱え上げられ激しく胎内をさらに突き回される。

「やぁ……だめ、本当にだめ……あぁっ」

「いいぞ。もっとおかしくなれ。俺がいなければ生きていけないぐらいに俺を求めればいい」

リュシュアンの恐ろしい言葉にも快感で濁ってしまった頭には届かない。

さらに激しく身体を揺さぶられて、ジゼルは一際高い嬌声を上げ顎を大きくそらした。

「あっ、あっ、あぁあぁっ!!」

訪れた苦しいぐらいの絶頂にガクガクと腰を震わせ、肉竿に絡みついた蜜壁を大きく収斂させる。

リュシュアンが身体をびくりと震わせ、いやらしくうねる膣洞の最奥に熱い飛沫を撒き散らすのを感じて、ジゼルはぐったりと身体を投げ出した。

「ジゼル……ジゼル……」

掠れた声で何度も名前を呼ばれたけれど、それに応える気力は残っていなかった。今は苦しいぐらいの快感から解放され満たされた身体で、このままリュシュアンと抱き合って眠りに落ちてしまいたい。

だからリュシュアンに強く抱き寄せられたときもされるがままになっていた。

「ジゼル。あなたは俺の理想の花嫁だ。俺はとっくにあなたなしではいられない身体になった。きちんと責任をとってくれよ」

その言葉と額に押しつけられた唇が最後の記憶で、ジゼルはそのまま夢の中に引き込まれてしまった。


その後ふたりの間には双子の王女に続いて王子が生まれ、ヴェルネ王国始まって以来の繁栄期を迎えることとなる。そして王であるヴェルネ王は王妃にそっくりな双子姫に、再び翻弄されることになるが、それはまだ先の話だった。

あとがき

たくさんある書籍の中から拙作を手に取ってくださった皆さん、ありがとうございます。ヴァニラ文庫さんからはなんと四冊目の著書となります。

毎回、今度はなにをテーマにしようかな～と悩むのですが、今回は身代わりの花嫁というティーンズラブでは王道ストーリーとなりました。

お楽しみいただけましたでしょうか。感想などをいただけると嬉しいです！

さて今回は姉と妹の入れ替わりでしたが、ヴェルネには双子姫も生まれる予定です。あのふたりの娘なので、ここもなにか騒動があるのではないかと思っています。リュシュアンは大変ですね（笑）

ちなみにヒーローのリュシュアンは担当様が手がけた作品の中でも、指折りの絶倫だそうなので（そんなつもりはなかったけど）そちらもお楽しみいただけたら（笑）

カバーイラストと挿絵は白崎小夜《しろさきさや》先生です。

このあとがきの時点では表紙だけ見せていただいているのですが、ジゼルとリュシュアンが美しい～是非イラストも楽しんでいただけたら！　白崎先生、素敵な二人に仕上げていただきありがとうございます‼

いつも読者の皆様には力をいただいています。これからも楽しんで読んでいただけるものをお届けしたいと思っているので、応援よろしくお願いいたします。

水城のあ

陛下は身代わり花嫁を逃がさない
～初恋相手は絶倫王!?～

Vanilla文庫

2021年2月5日　第1刷発行　定価はカバーに表示してあります

著　　者　水城のあ　©NOA MIZUKI 2021
装　　画　白崎小夜
発 行 人　鈴木幸辰
発 行 所　株式会社ハーパーコリンズ・ジャパン
東京都千代田区大手町1-5-1
電話　03-6269-2883（営業）
0570-008091（読者サービス係）

印刷・製本　中央精版印刷株式会社

Printed in Japan ©K.K. HarperCollins Japan 2021 ISBN978-4-596-41535-6